ÁRVORE E FOLHA

J.R.R. TOLKIEN

ÁRVORE E FOLHA

Tradução de
REINALDO JOSÉ LOPES

Rio de Janeiro, 2020

Título original: *Tree and Leaf*
Todos os textos e materiais por J.R.R. Tolkien © The Tolkien Estate Limited, 2007
Prefácio, notas e todos os outros materiais © C.R. Tolkien, 2007
Edição original por HarperCollins *Publishers*. Todos os direitos reservados.
Copyright de tradução © Casa dos Livros Editora Ltda., 2020

Os pontos de vista desta obra são de responsabilidade de seus autores, não refletindo necessariamente a posição da HarperCollins Brasil, da HarperCollins *Publishers* ou de sua equipe editorial.

®, TOLKIEN® e TREE AND LEAF® são marcas registradas de J.R.R. Tolkien Estate Limited.

Publisher	*Samuel Coto*
Produção editorial	*Brunna Castanheira Prado*
Produção gráfica	*Lúcio Nöthlich Pimentel*
Preparação de texto	*Leonardo Dantas do Carmo*
Revisão	*Gabriel Oliva Brum, Cristina Casagrande*
Diagramação	*Sonia Peticov*
Capa	*Alexandre Azevedo*

CIP—BRASIL. CATALOGAÇÃO NA FONTE
SINDICATO NACIONAL DOS EDITORES DE LIVROS, RJ

T589a
Tolkien, J. R. R.
    Árvore e Folha / J. R.R Tolkien; tradução de Reinaldo José Lopes. — 1.ed. — Rio de Janeiro: Harper Collins Brasil, 2020.
    176 p.; 13,3 x 20,8 cm.

Tradução de: *Tree and Leaf*
ISBN 978-8595-085-66-4

1. Literatura — crítica. 2. Ensaio acadêmico. 3. J.R.R. Tolkien. I. Lopes, Reinaldo José. II. Título.

CDD: 820

Aline Graziele Benitez — Bliotecária — CRB-1/3129

HarperCollins Brasil é uma marca licenciada à Casa dos Livros Editora Ltda.
Todos os direitos reservados à Casa dos Livros Editora Ltda.
Rua da Quitanda, 86, sala 218 — Centro
Rio de Janeiro — RJ — CEP 20091-005
Tel.: (21) 3175-1030
www.harpercollins.com.br

Árvore e Folha

As estórias de fadas não se destinam apenas às crianças, como sabe qualquer um que tenha lido Tolkien. Em seu ensaio "Sobre Estórias de Fadas", o professor Tolkien discute a natureza dos contos de fadas e da fantasia e resgata o gênero dos acadêmicos, de um lado, e daqueles que o relegaria como "juvenília"[1], de outro. A segunda parte do livro contém, como uma ilustração apropriada e elegante dessa ideia, uma das narrativas curtas mais antigas de Tolkien, "Folha de Cisco". Escrita no mesmo período (1938–1939) em que *O Senhor dos Anéis* estava começando a se revelar a Tolkien, essas duas obras mostram seu domínio e seu entendimento da arte de "subcriação", o poder de dar à fantasia "a consistência interna de realidade".

Mitopeia

O poema *Mitopeia* (a criação de mitos) se acrescenta aos textos mencionados acima. Nele, o autor, Filomito, "Amante dos Mitos", mostra os equívocos da opinião de Misomito, "Inimigo dos Mitos".

O Regresso de Beorhtnoth, Filho de Beorhthelm

Esse poema dramático de autoria de Tolkien retoma a história do que ocorreu depois da desastrosa Batalha de Maldon, no ano 991 d.C., quando o comandante inglês Beorhtnoth foi morto. Na noite que se seguiu à luta, dois serviçais do duque chegam ao campo de batalha para recuperar o corpo de seu mestre. Procurando-o em meio aos mortos, eles conversam, em termos nada heroicos, sobre a batalha, a "nobreza insensata" de seu mestre e o desperdício da guerra.

---

[1]Textos produzidos por um autor quando ele é ainda muito novo e, possivelmente, imaturo. [N. T.]

Sumário

Prefácio da edição de 1988	9
Sobre Estórias de Fadas	17
Mitopeia	91
Folha de Cisco	105
O Regresso de Beorhtnoth, Filho de Beorhthelm	129

PREFÁCIO

As obras "Sobre Estórias de Fadas" e "Folha de Cisco" foram reunidas, pela primeira vez, para formar o livro *Árvore e Folha* em 1964. Nesta nova edição, acrescenta-se a elas um terceiro elemento: o poema "Mitopeia", a criação de mitos, no qual o autor Filomito, "Amante dos Mitos", mostra os equívocos da opinião de Misomito, "Inimigo dos Mitos". "Mitopeia", agora publicado pela primeira vez, tem relação próxima, em seu pensamento, com uma parte do ensaio "Sobre Estórias de Fadas" — tanto é assim, de fato, que meu pai citou catorze versos do poema no ensaio (ver p. 63 nesta edição); mas, antes de dizer algo mais a respeito do texto, cito primeiro a "Nota Introdutória" escrita por meu pai para a edição original de *Árvore e Folha*.

Essas duas coisas, "Sobre Estórias de Fadas" e "Folha de Cisco", estão aqui, reimpressas e lançadas juntas. Não são mais fáceis de se obter, mas ainda podem ser consideradas interessantes, especialmente por parte daqueles para quem *O Senhor dos Anéis* foi uma leitura prazerosa. Embora um dos textos seja um "ensaio" e o outro um "conto", há uma relação entre eles: por meio dos símbolos da Árvore e da Folha e pelo fato de que ambos abordam o que o ensaio chama de "subcriação". Também foram escritos no mesmo período (1938–1939) em que *O Senhor dos Anéis* estava começando a se expandir e a revelar perspectivas de labor e exploração num país ainda desconhecido que era tão intimidador para mim quanto para os hobbits. Por volta daquela época, tínhamos chegado a Bri, e eu ainda não tinha mais noção do que eles sobre o que havia acontecido com

PREFÁCIO

Gandalf ou de quem era Passolargo; e tinha começado a perder as esperanças de descobrir.

O ensaio foi originalmente preparado como uma palestra Andrew Lang e, numa forma mais curta, apresentado na Universidade de St. Andrews em 1938.[1] Acabou sendo publicado, com alguma ampliação, como um dos itens da coletânea *Essays presented to Charles Williams*,[2] pela Oxford University Press, em 1947, agora fora de catálogo. Está reproduzido aqui com algumas poucas alterações menores.

O conto só foi publicado em 1947 (na *Dublin Review*). Não foi alterado desde que alcançou sua forma manuscrita, de maneira muito rápida, certo dia, quando acordei com a narrativa já na cabeça. Uma de suas fontes foi um choupo de grandes galhos que eu conseguia ver mesmo quando estava deitado na cama. De repente, foi serrado e mutilado por sua dona, não sei por quê. Depois foi derrubado, uma punição menos bárbara para quaisquer crimes dos quais possa ter sido acusado, tais como ser grande e vivo. Não acho que tivesse amigo algum, nem alguém que o pranteasse, exceto eu mesmo e um casal de corujas.

No ensaio "Sobre Estórias de Fadas", meu pai citou "uma passagem breve de uma carta que escrevi certa vez a um homem que descreveu o mito e as estórias de fadas como 'mentiras'; embora, para fazer justiça a ele, tenha sido bondoso o suficiente e estivesse confuso o suficiente para chamar a criação de estórias de fadas de 'inspirar uma mentira através da Prata'." Os versos citados começam assim:

---

[1]Não 1940, como foi afirmado de modo incorreto em 1947. [Nota de rodapé da "Nota Introdutória" original. Mas a palestra, na verdade, aconteceu em 8 de março de 1939: Humphrey Carpenter, *J.R.R. Tolkien: Uma Biografia*, p. 262.]
[2]Volume feito em homenagem ao escritor Charles Williams, membro do círculo literário dos Inklings, ao qual pertenciam tanto Tolkien como C.S. Lewis. [N. T.]

"Caro Senhor," disse eu, "Inda que alienado,
O Homem não se perdeu nem foi mudado.[3]

Não há traço algum, em meio aos manuscritos do poema "Mitopeia", desse tipo de "epístola em versos"; ainda existem sete versões do poema, e nenhuma se dirige a alguém de forma pessoal — de fato, os primeiros quatro textos começam com "Ele vê árvores", e não com "Você vê árvores" (e o título da primeira versão era "*Nisomythos*: uma resposta longa a uma bobagem curta"). Uma vez que as palavras "Inda que alienado" dependem dos versos precedentes e exigem a presença deles:

Mentiras não compõem o peito humano,
que do único Sábio tira o seu plano,
e o recorda.[4]

E uma vez que toda essa passagem remonta, com poucas mudanças, à versão mais antiga, está claro que a "carta" foi um artifício literário.

O "homem que descreveu o mito e as estórias de fadas como 'mentiras'" era C.S. Lewis. Na quinta versão de "Mitopeia" (aquela na qual as palavras de abertura "Ele vê árvores" se tornaram "Você vê árvores"), meu pai escreveu "JRRT para CSL" e, mais uma vez, na sexta versão, acrescentou "*Philomythus Misomytho*". Ao texto final ele acrescentou duas notas na margem,[5] a primeira das quais (próxima da palavra *árvores* nos versos de abertura) se refere à "cena mental" do poema:

---

[3] *'Dear Sir,' I said — 'Although now long estranged / Man is not wholly lost or wholly changed.*
[4] *The heart of man is not compound of lies, / but draws some wisdom from the only Wise, / and still recalls Him*
[5] Essas notas podem ser datadas de novembro de 1935 ou depois disso; mas foram inseridas no manuscrito depois que o texto do poema estava completo.

PREFÁCIO

As árvores foram escolhidas porque são, ao mesmo tempo, facilmente classificáveis e inumeravelmente individuais: mas, como se pode dizer isso acerca de outras coisas, direi então que é porque as noto mais do que a maioria das outras coisas (bem mais do que noto pessoas). De qualquer modo, o pano de fundo mental para as cenas desses versos são o Bosque e as Trilhas do Magdalen[6] à noite.

Em *J.R.R. Tolkien: Uma Biografia* (pp. 201–03), Humphrey Carpenter identificou a ocasião que levou à escrita do poema "Mitopeia". Na noite de 19 de setembro de 1931, C.S. Lewis convidou meu pai e Hugo Dyson para jantar no Magdalen College, e depois eles foram caminhar e conversar, como Lewis escreveu três dias mais tarde a seu amigo Arthur Greeves, sobre "metáforas e mitos — sendo interrompidos por uma rajada de vento que chegou tão de repente naquela noite parada e cálida, e jogou tantas folhas pelo chão, que achávamos que estava chovendo. Todos prendemos a respiração, os outros dois apreciando o êxtase de tal coisa quase tanto quanto você apreciaria." Numa carta posterior para Greeves (de 18 de outubro de 1931),[7] Lewis recontou as ideias propostas por Dyson e por meu pai a respeito do "mito verdadeiro" da história de Cristo; e tanto em sua *Biografia* como, de modo mais completo, em *The Inklings* (Allen & Unwin, 1978), Humphrey Carpenter imaginou a discussão daquela noite, baseando-se nas cartas de Lewis e no teor dos argumentos de "Mitopeia".

A segunda nota feita à margem do texto final pode ser publicada de modo conveniente aqui, embora seja explanatória e não tenha impacto sobre a história do poema. A referência é ao

---

[6]Referência ao Magdalen College, um dos colégios ou "faculdades" da Universidade de Oxford. [N. T.]

[7]Essas cartas foram publicadas em *They Stand Together: The Letters of C.S. Lewis to Arthur Greeves (1914–1963)*, editadas por Walter Hooper, Collins, 1979. Agradeço a Humphrey Carpenter por sua ajuda quanto a esse tema.

oitavo verso da nona estrofe ("falaz sedução do já-seduzido"). "*Já-seduzido* porque retornar ao bem-estar terreno como o *único* fim é um tipo de sedução, mas mesmo esse fim é buscado de modo errôneo e se torna depravado."

Na mesma época dessas notas, meu pai escreveu no fim do manuscrito: "Poema escrito principalmente nas Examination Schools[8] enquanto vigiava os estudantes."

O texto de "Mitopeia" publicado aqui é o da versão final, conforme aparece no manuscrito. Embora a história textual do poema seja complexa em seus detalhes, pode-se dizer que o desenvolvimento da obra ao longo das sete versões foi principalmente uma questão de aumento do texto. Nas formas mais antigas, era muito mais curto, sem as três estrofes que começam com "Bendito(s)" e terminando com o verso "nem meu cetrozinho dourado enterro".

Christopher Tolkien
1988

---

[8]Prédio construído no fim do século XIX exclusivamente para abrigar a aplicação de provas para os alunos de Oxford. [N. T.]

SOBRE ESTÓRIAS DE FADAS

Sobre Estórias de Fadas

Proponho falar sobre estórias de fadas, embora esteja ciente de que essa é uma aventura temerária. Feéria é uma terra perigosa, e nela há armadilhas para os descuidados e masmorras para os audaciosos demais. E audacioso demais posso ser considerado, pois, embora tenha sido um amante das estórias de fadas desde que aprendi a ler e tenha às vezes pensado a respeito delas, não as tenho estudado profissionalmente. Tenho sido dificilmente mais do que um explorador (ou invasor) vagante naquela terra, cheio de assombro, mas não de informação.

O reino das estórias de fadas é amplo, profundo, alto e cheio de muitas coisas: toda maneira de feras e pássaros se encontra lá; mares sem costas e incontáveis estrelas; beleza, que é encantamento, e perigo sempre presente; alegria e tristeza tão cortantes quanto espadas. Nesse reino, um homem pode, talvez, considerar-se afortunado por ter vagado, mas sua própria riqueza e estranheza amarram a língua de um viajante que quiser relatá-las. E, enquanto ainda está lá, é perigoso para ele fazer perguntas demais para que os portões não se tranquem e as chaves não se percam.

Há, entretanto, algumas perguntas que alguém que vai falar sobre estórias de fadas deve esperar responder, ou tentar responder, seja lá o que o povo de Feéria possa pensar de sua impertinência. Por exemplo: o que são estórias de fadas? Qual é a sua origem? Qual é o uso delas? Tentarei dar respostas a essas questões, ou algumas pistas de respostas como as que tenho colhido — primariamente das próprias estórias, as poucas de toda a multidão delas que conheço.

ESTÓRIA DE FADAS

O que é uma estória de fadas? Nesse caso, recorrer ao *Oxford English Dictionary* é em vão. Ele não contém nenhuma referência à combinação *estória de fadas* e é inútil quanto ao tema das *fadas* em geral. No Suplemento, *conto de fadas* está registrado desde o ano de 1750, e se diz que sua acepção principal é (*a*) um conto sobre fadas ou, geralmente, uma lenda sobre fadas; com acepções ampliadas, (*b*) uma estória irreal ou incrível e (*c*) uma falsidade.

As duas últimas acepções obviamente tornariam o meu tema irrecuperavelmente vasto. Mas a primeira é estreita demais. Não estreita demais para um ensaio: ela é ampla o suficiente para muitos livros, mas estreita demais para cobrir o uso real. Especialmente se aceitarmos a definição do lexicógrafo para *fadas*: "seres sobrenaturais de tamanho diminuto; na crença popular, considera-se que são possuidores de poderes mágicos e donos de grande influência para o bem ou para o mal sobre os assuntos do homem".

Sobrenatural é uma palavra perigosa e difícil em qualquer de seus sentidos, mais amplos ou mais estritos. Mas às fadas ela mal pode ser aplicada, a menos que *sobre* seja tomado meramente como um prefixo superlativo. Pois é o homem que é, em contraste com as fadas, sobrenatural (e frequentemente de estatura diminuta); enquanto elas são naturais, muito mais naturais que ele. Tal é a sua sina. A estrada para a terra das fadas não é a estrada para o Paraíso; nem mesmo a para o Inferno, acredito eu, embora alguns tenham sustentado que ela possa levar para lá indiretamente por meio do dízimo do Diabo.

> Oh, não vês lá estreita estrada
>   Que os espinhos e a macega cercam?
> Essa é a trilha da Virtude,
>   Inda que lá muitos se percam.

E não vês lá tão ancha estrada
De lírio e relva e belo viso?
Essa é a trilha da Maldade,
Inda que a chamem "Paraíso".

E não vês lá bonita estrada
No verde outeiro a se enroscar?
Essa é a estrada d'Élfica Terra
Onde tu e eu vamos vagar.[1]

Quanto a *tamanho diminuto*, não nego que a ideia seja dominante no uso moderno. Frequentemente achei que seria interessante tentar descobrir como as coisas se tornaram assim, mas meu conhecimento não é suficiente para uma resposta segura. Outrora havia, de fato, alguns habitantes de Feéria que eram pequenos (embora dificilmente diminutos), mas a pequenez não era característica daquele povo como um todo. O ser diminuto, elfo ou fada, é (suspeito), na Inglaterra, em grande parte, um produto sofisticado do devaneio literário.[2] Talvez não seja antinatural que na Inglaterra — o país onde o amor do delicado e do sutil tem frequentemente reaparecido na arte — o devaneio nesse assunto se voltasse para o minúsculo e diminuto, como na França foi absorvido pela corte e colocado em

---

[1] *O see ye not yon narrow road / So thick beset wi' thorns and briers? / That is the path of Righteousness, / Though after it but few inquires. / And see ye not yon braid, braid road / That lies across the lily Ieven? / That is the path of Wickedness, / Though some call it the Road to Heaven. / And see ye not yon bonny road / That winds about yon fernie brae? / That is the road to fair Elfland, / Where thou and I this night mann gae.*

[2] Estou falando de transformações que ocorreram antes do aumento do interesse pelo folclore de outros países. As palavras inglesas, tais como *elf* [elfo], receberam por muito tempo a influência do francês (língua da qual derivam as palavras *fay* [fata, fada] e *Faërie, fairy* [Feéria, fada]); mas, em épocas posteriores, por meio de seu uso em traduções, tanto *fada* quanto *elfo* adquiriram muito da atmosfera dos contos alemães, escandinavos e celtas, e muitas características do *huldu-fólk* ["povo escondido", termo escandinavo], do *daoine-sithe* ["povo das tumbas", em gaélico] e da *tylwyth teg* ["bela família", em galês]. [N. A.]

SOBRE ESTÓRIAS DE FADAS

pó-de-arroz e diamantes. Contudo, suspeito que essa pequenez de flor-e-borboleta tenha sido também um produto da "racionalização", que transformou a magia da Terra dos Elfos em mera finesse, e a invisibilidade numa fragilidade que poderia se esconder dentro de uma prímula ou se encolher atrás de uma folha de relva. Isso parece entrar na moda logo depois que as grandes viagens tinham começado a fazer o mundo parecer estreito demais para conter homens e elfos, quando a terra mágica de Hy Breasail no Oeste se tornou os meros Brasis, a terra da madeira do corante vermelho.[3] Em todo caso, foi em grande parte um processo literário, no qual William Shakespeare e Michael Drayton tiveram um papel.[4] A "*Nymphidia*"[5] de Drayton é um ancestral daquela longa linhagem de fadas-das-flores e duendes voejantes com antenas que tanto me desgostava quando criança e que meus filhos, por sua vez, detestavam. Andrew Lang[6] tinha sentimentos similares. No prefácio de seu *Lilac Fairy Book*, ele se refere às estórias dos cansativos autores contemporâneos: "Elas sempre começam com um garotinho ou garotinha que sai de casa e conhece as fadas dos poliantos, gardênias e macieiras... Essas fadas tentam ser engraçadas e fracassam; ou tentam dar sermões e conseguem."

Mas o processo começou, como eu disse, muito antes do século XIX, e muito tempo atrás atingiu o cansaço, certamente o cansaço de tentar ser engraçado e falhar. A "*Nymphidia*" de Drayton é — considerada como estória de fadas (uma estória sobre fadas) — uma das piores jamais escritas. O palácio de Oberon tem muros de pernas de aranha,

---

[3]Sobre a probabilidade de o termo irlandês *Hy Breasail* ter influenciado o nome do Brasil, ver Nansen, *In Northern Mists*. [N. A.]

[4]A influência deles não ficou restrita à Inglaterra. Os termos alemães *Elf, Elfe* parecem ser derivados de *Sonho de uma Noite de Verão*, na tradução de Wieland (1764). [N. A.]

[5]Poema do século XVII, escrito pelo inglês Michael Drayton, que morreu em 1631. [N. T.]

[6]Escritor e folclorista escocês, morto em 1912. [N. T.]

E janelas que olhos de gato formam,
E, em vez de telhas, no teto botam
Asas de morcego, e as adornam.[7]

O cavaleiro Pigwiggen cavalga uma lacraia saltitante e manda para o seu amor, a Rainha Mab, um bracelete de olhos de formigas, colocando sua assinatura numa prímula. Mas a história que é contada em meio a toda essa delicadeza é um relato entediante de intriga e de oblíquo leva e traz; o cavaleiro galante e o marido enraivecido caem numa poça d'água e sua ira é detida por um gole das águas do Lete.[8] Teria sido melhor se o Lete tivesse engolido o assunto inteiro. Oberon, Mab e Pigwiggen podem ser elfos ou fadas diminutos, como Arthur, Guinevere e Lancelot não o são; mas a história sobre o bem e o mal da corte de Arthur é mais "estória de fadas" do que essa sobre Oberon.

Fada, como um substantivo mais ou menos equivalente a *elfo*, é uma palavra relativamente moderna, que mal chega a ser usada até o período Tudor.[9] A primeira citação no *Oxford Dictionary* (a única antes de 1450) é significativa. É tirada do poeta Gower: "as he were a faierie" [como se ele fosse uma fada]. Mas isso Gower não disse. Ele escreveu *"as he were of faierie"* [como se ele tivesse vindo de Feéria]. Gower estava descrevendo um jovem galante que busca enfeitiçar os corações das donzelas na igreja.

Madeixas mui bem penteadas,
De caras joias coroadas,
Ou samicas[10] de verdes folhas

---

[7] *And windows of the eyes of cats, / And for the roof, instead of slats, / Is covered with the wings of bats.*

[8] O rio do esquecimento na mitologia grega. [N. T.]

[9] Período equivalente ao reinado da dinastia de mesmo nome na Inglaterra, de 1485 a 1603. [N. T.]

[10] O texto de Gower está em inglês médio e é de compreensão relativamente difícil para um leitor moderno da língua inglesa. Tentei reproduzir esse efeito usando termos e variantes ortográficas de um período similar da língua portuguesa. Daí "samicas" (talvez), "fermoso aspeito" (formoso aspecto), "falcam" (falcão) e "amostrava-se" (mostrava-se). [N. T.]

SOBRE ESTÓRIAS DE FADAS

Como as mais frescas das corbelhas,
Tudo a lhe dar fermoso aspeito;

E assim encarnava ele o jeito
Do falcam fero que olhos lança
E duro ataque à ave mansa,
E como se de Feéria fosse
Amostrava-se à presa doce.[11]

Esse é um jovem de sangue e osso mortais; mas ele corresponde a um retrato muito melhor dos habitantes da Terra dos Elfos do que a definição de uma "fada" com a qual ele é, por um erro duplo, classificado. Pois o problema com a verdadeira gente de Feéria é que eles nem sempre parecem o que são; e envergam o orgulho e a beleza que, de bom grado, nós mesmos gostaríamos de mostrar. Pelo menos parte da mágica que eles empregam para o bem ou mal do homem é o poder de brincar com os desejos de seu corpo e de seu coração. A Rainha da Terra dos Elfos, que levou para longe Thomas, o Trovador,[12] com seu corcel branco como o leite e mais rápido que o vento, chegou cavalgando à Árvore de Eildon como uma mulher, ainda que de beleza encantadora. Dessa forma, Spenser[13] seguiu a tradição verdadeira quando chamou os cavaleiros de sua Feéria pelo nome de Elfos. Tal nome pertencia antes a cavaleiros, tais como Sir Guyon, que a Pigwiggen, armado com o ferrão de uma vespa.

Agora, embora eu tenha apenas tocado (de forma totalmente inadequada) no assunto de *elfos* e *fadas*, devo dar meia-volta; pois fiz uma digressão quanto a meu tema propriamente dito:

---

[11] *Confessio Amantis*, v. 7.065 e seguintes. [N. A.]; *His croket kembd and thereon set / A Nouche with a chapelet, / Or elles one of grene leves / Which late com out of the greves, / Al for he sholde seme freissh; / Aod thus he loketh on the lleissh, / Riht as an hauk which hath a sihte / Upon the foul ther he schal lihte, And as he were of faierie / He scheweth him tofore here yhe.*

[12] Poeta escocês do século XIII que, segundo a lenda, de fato teria encontrado a rainha-élfica em Eildon, perto da fronteira entre a Escócia e a Inglaterra. [N. T.]

[13] Aqui Tolkien se refere a Edmund Spenser, poeta contemporâneo de Shakespeare que publicou, em 1590, o épico *The Faerie Queene*, "A Rainha das Fadas". [N. T.]

estórias de fadas. Eu disse que a acepção "estórias sobre fadas" era estreita demais.[14] E é estreita demais, mesmo se rejeitarmos o tamanho diminuto, porque estórias de fadas não são, no uso normal em inglês, estórias *sobre* fadas ou elfos, mas estórias sobre *Feéria*, o reino ou estado no qual as fadas têm seu ser. *Feéria* contém muitas coisas além de elfos e fadas e além de anões, bruxas, trols, gigantes ou dragões. Ela abriga os mares, o sol, a lua, o céu, a terra e todas as coisas que estão nela: árvores e pássaros, água e pedra, vinho e pão e nós mesmos, homens mortais, quando estamos encantados.

Estórias que estão de fato preocupadas primariamente com "fadas", isto é, com criaturas que poderiam também, em inglês moderno, ser chamadas de "elfos", são relativamente raras e, via de regra, não muito interessantes. A maioria das boas "estórias de fadas" são sobre as *aventures*[15] de seres humanos no Reino Perigoso ou em suas fronteiras imprecisas. Naturalmente que é assim; pois, se os elfos são verdadeiros e realmente existem, independentemente de nossas estórias sobre eles, então isto também é certamente verdadeiro: os elfos não estão primariamente preocupados conosco, nem nós com eles. Nossos destinos são separados, e nossas trilhas raramente se encontram. Mesmo nos limiares de Feéria nós os encontramos apenas devido a alguma encruzilhada casual dos caminhos.[16]

---

[14]Exceto em casos especiais, tais como coleções de histórias galesas e gaélicas. Nesses textos, as histórias sobre a "Bela Família" ou a "shee-folk" [termo de origem escocesa relacionado a um povo sobrenatural vinculado às fadas e elfos de outras tradições] são, às vezes, distinguidas dos "contos populares" relativos a outras maravilhas como "contos de fadas". Seguindo esse uso, "contos de fadas" ou "tradição das fadas" são geralmente relatos curtos das aparições das "fadas" ou de suas intrusões nos assuntos dos homens. Mas essa distinção é produto da tradução. [N. A.]

[15]Aqui Tolkien não usa a palavra normal do inglês moderno, ou seja, *adventures*, mas sim *aventures*, a forma que a palavra tinha nos romances de cavalaria em inglês medieval, a qual, por sua vez, foi emprestada do francês. [N. T.]

[16]Isso também é verdade mesmo que eles sejam apenas criações da mente do Homem, "verdadeiros" apenas enquanto refletem de maneira particular uma das visões do Homem sobre a Verdade. [N. A.]

SOBRE ESTÓRIAS DE FADAS

A definição de uma estória de fadas — o que é, ou o que deveria ser — não depende, então, de qualquer definição ou relato histórico sobre elfos ou fadas, mas da natureza de *Feéria*: o próprio Reino Perigoso e o ar que sopra naquele país. Não tentarei defini-lo, ou descrevê-lo diretamente. Isso não pode ser feito. Feéria não pode ser capturada numa rede de palavras, pois é uma de suas qualidades ser indescritível, embora não imperceptível. Ela tem muitos ingredientes, mas a análise não necessariamente revelará o segredo do todo. Contudo, espero que o que tenho depois a dizer sobre as outras questões traga alguns vislumbres da minha própria visão imperfeita dela. Para o momento direi apenas isto: uma "estória de fadas" é aquela que aborda ou usa Feéria, qualquer que possa ser seu próprio propósito central: sátira, aventura, moralidade, fantasia. A própria Feéria talvez possa ser traduzida mais aproximadamente por Magia[17] — mas é magia de um ânimo e poder peculiares, no polo oposto ao dos artifícios vulgares do mágico laborioso e científico. Há um único pré-requisito: se houver algo de sátira presente na estória, de uma coisa não se pode zombar — da magia em si. Essa deve, naquela estória, ser levada a sério, não sendo ridicularizada nem explicada. Dessa seriedade o texto medieval "Sir Gawain and the Green Knight"[18] é um exemplo admirável.

Mas, mesmo se aplicarmos apenas esses limites vagos e mal definidos, torna-se claro que muitos, mesmo os eruditos em tais assuntos, têm usado o termo "conto de fadas" de forma muito descuidada. Uma olhada nos livros de tempos recentes que afirmam ser coleções de "estórias de fadas" é suficiente para mostrar que contos sobre fadas, sobre a bela família em qualquer uma de suas casas, ou mesmo sobre anões e gobelins, são só uma pequena parte de seu conteúdo. Isso, como vimos, era de esperar. Mas esses livros também abrigam muitos contos que

---

[17]Ver mais à frente, pp. 61–2. [N. A.]

[18]"Sir Gawain e o Cavaleiro Verde", poema inglês do século XIV, cujo autor não é conhecido. [N. T.]

não usam Feéria, nem mesmo tocam nela de algum jeito; que, de fato, não têm motivo para serem incluídos.

Darei um ou dois exemplos dos expurgos que eu realizaria. Isso ajudará o lado negativo da definição. Também acabará por levar à segunda questão: quais são as origens das estórias de fadas? O número de coleções de estórias de fadas existentes hoje é muito grande. Em inglês, nenhuma provavelmente rivaliza com a popularidade, a inclusividade ou os méritos gerais dos doze livros de doze cores que devemos a Andrew Lang e à sua esposa. O primeiro desses livros apareceu mais de cinquenta anos atrás (1889) e ainda está em circulação. A maior parte de seu conteúdo passa no teste mais ou menos claramente. Não vou analisá-los, embora uma análise pudesse ser interessante, mas noto, de passagem, que, das estórias nesse *O Fabuloso Livro Azul*, nenhuma é principalmente sobre "fadas" e poucas se referem a elas. A maioria das estórias é tirada de fontes francesas; uma escolha justa, de certa maneira, naquele tempo, como talvez seja ainda (embora não para o meu gosto, agora ou na infância). De qualquer modo, tão forte tem sido a influência de Charles Perrault, desde que seus *Contos da Mamãe Gansa* foram pela primeira vez aclimatados à língua inglesa no século XVIII, e a de todos os semelhantes excertos da vasta reserva do *Cabinet des Fées*[19] que se tornaram bem conhecidos, que ainda hoje, suponho, se você pedisse a alguém para citar ao acaso uma típica "estória de fadas", a pessoa muito provavelmente citaria uma destas coisas francesas: "Gato de Botas", "Cinderela" ou "Chapeuzinho Vermelho". Para algumas pessoas, os *Contos de Fadas de Grimm* poderiam vir primeiro à mente.

Mas o que dizer da aparição, em *O Fabuloso Livro Azul,* de "Uma Viagem a Lilipute"? Direi isto: *não* é uma estória de fadas, nem como seu autor a criou, nem como ali aparece "condensada"

---

[19]Coletânea de contos de fadas franceses do século XVIII, que incluía tanto textos de Perrault como de outros autores, incluindo até alguns do filósofo Jean-Jacques Rousseau. [N. T.]

pela senhorita May Kendall. Não tem motivo para estar nesse lugar. Temo que tenha sido incluída apenas porque os liliputianos são pequenos, e mesmo diminutos — a única maneira na qual são notáveis de algum modo. Mas a pequenez é, em Feéria, tal como em nosso mundo, apenas um acidente. Pigmeus não estão mais próximos de fadas do que patagões. Não deixo de fora essa estória por causa de seu intento satírico: há sátira, contínua ou intermitente, em estórias de fadas inquestionáveis, e a sátira pode ter sido uma intenção frequente de contos tradicionais nos quais nós, agora, não a percebemos. Deixo-a de fora porque o veículo da sátira, por mais que seja de uma inventividade brilhante, pertence à classe dos contos de viajantes. Tais contos relatam muitas maravilhas, mas elas são maravilhas a serem vistas neste mundo mortal, em alguma região de nosso próprio tempo e espaço; a distância apenas as oculta. Os contos de Gulliver não têm mais direito de entrada do que as lorotas do Barão de Munchausen; ou do que, digamos, *Os Primeiros Homens na Lua* ou *A Máquina do Tempo*.[20] De fato, os Eloi e os Morlocks[21] teriam um direito maior de pertencer ao gênero do que os liliputianos. Os liliputianos são meramente homens olhados de cima, sardonicamente, de pouco mais que o alto das casas. Eloi e Morlocks vivem muito longe, num abismo de tempo tão profundo que opera um encantamento sobre eles; e, se descendem de nós mesmos, pode-se recordar que um antigo pensador inglês certa vez afirmou que os *ylfes*, os próprios elfos, descendiam, por meio de Caim, de Adão.[22] Esse encantamento da distância, especialmente o do tempo distante, é enfraquecido apenas pela própria Máquina do Tempo, absurda e incrível. Mas vemos, nesse exemplo, uma das razões pelas quais as fronteiras das estórias de fadas são inevitavelmente dúbias.

---

[20]Ambas obras de ficção científica do britânico H.G. Wells, que morreu em 1946. [N. T.]

[21]Raças descendentes da humanidade atual que aparecem em *A Máquina do Tempo*. [N. T.]

[22]*Beowulf*, pp. 111–12. [N. A.]

A magia de Feéria não é um fim em si mesma, sua virtude está em suas operações: entre essas está a satisfação de certos desejos humanos primordiais. Um desses desejos é observar as profundezas do espaço e do tempo. Outra é (como veremos) entrar em comunhão com outras coisas vivas. Uma estória pode, assim, lidar com a satisfação desses desejos, com ou sem a operação de máquina ou magia, e, na proporção em que tiver sucesso, aproximar-se-á da qualidade e terá o sabor da estória de fadas.

A seguir, depois das estórias de viajantes, eu também excluiria, ou julgaria imprópria, qualquer estória que usasse a maquinaria do Sonho, o sonhar do sono humano real, para explicar a aparente ocorrência de suas maravilhas. No mínimo, mesmo que o sonho relatado fosse em outros aspectos, em si mesmo, uma estória de fadas, eu condenaria o todo como gravemente defeituoso: como uma boa pintura numa moldura desfiguradora. É verdade que o sonho não está desconectado de Feéria. Nos sonhos, estranhos poderes da mente podem ser destrancados. Em alguns deles, um homem pode, por algum tempo, empunhar o poder de Feéria, aquele poder que, mesmo enquanto concebe a estória, faz com que ela tome forma e cor viva diante dos olhos. Um sonho verdadeiro pode, de fato, às vezes, ser uma estória de fadas de facilidade e habilidade quase élficas — enquanto está sendo sonhado. Mas, se um escritor desperto lhe diz que sua estória é só algo imaginado em seu sono, ele engana deliberadamente o desejo primevo no coração de Feéria: a realização, independente da mente que o concebe, do assombro imaginado. Com frequência se relata das fadas (verdadeira ou mentirosamente, eu não sei) que elas são criadoras de ilusões, que são enganadoras dos homens por meio da "fantasia"; mas isso é assunto bem diferente. E é problema delas. Tais truques acontecem, de qualquer forma, dentro de estórias nas quais as fadas não são, elas próprias, ilusões; por trás da fantasia, vontades e poderes reais existem, independentes das mentes e propósitos dos homens.

É, de qualquer forma, essencial para uma estória de fadas genuína, distinta do emprego dessa forma para propósitos

SOBRE ESTÓRIAS DE FADAS

menores ou degradados, que ela seja apresentada como "verdadeira". O significado de "verdadeiro" nesse raciocínio eu considerarei em instantes. Mas, já que a estória de fadas lida com "maravilhas", ela não pode tolerar nenhuma moldura ou maquinaria sugerindo que a estória toda na qual elas ocorrem é um fingimento ou uma ilusão. O próprio conto pode, claro, ser tão bom que se pode ignorar a moldura. Ou pode ser bem-sucedido e divertido como uma estória sonhada. Assim são as estórias de *Alice,* de Lewis Carroll, com sua moldura de sonho e transições de sonho. Por isso (e outras razões) elas não são estórias de fadas.[23]

Há outro tipo de estória maravilhosa que eu excluiria da designação "estória de fadas", de novo, certamente, não porque eu não o aprecie: refiro-me à "fábula de animais" pura. Escolherei um exemplo dos *Fairy Books* de Lang: "O Coração do Macaco", um conto suaíli que aparece no *Lilac Fairy Book.* Nessa estória, um tubarão malvado enganou um macaco para que ele montasse nas suas costas e o carregou até metade do caminho para sua própria terra, antes de revelar o fato de que o sultão daquele país estava doente e precisava de um coração de macaco para curar sua doença. Mas o macaco foi mais esperto que o tubarão e o induziu a voltar, convencendo-o de que o coração tinha ficado para trás em casa, pendurado dentro de uma bolsa, numa árvore.

A fábula de animais tem, é claro, uma conexão com as estórias de fadas. Feras, pássaros e outras criaturas frequentemente falam como homens em estórias de fadas verdadeiras. Em alguma medida (frequentemente pequena), essa maravilha deriva de um dos "desejos" primordiais que estão perto do coração de Feéria: o desejo dos homens de entrar em comunhão com outras coisas vivas. Mas a fala dos animais numa fábula desse tipo, enquanto desenvolvida como um ramo separado da literatura, tem pouca relação com esse desejo e, muitas vezes, o esquece totalmente. A compreensão mágica, pelos homens, das línguas reais de pássaros, feras e árvores — isso está muito mais próximo dos verdadeiros

---

[23]Ver "Nota A" no fim do texto (p. 80). [N. A.]

propósitos de Feéria. Mas, em estórias nas quais nenhum ser humano aparece; ou nas quais os animais são os heróis e heroínas, e homens e mulheres, se aparecerem, são meros adjuntos; e, acima de tudo, naquelas nas quais a forma animal é só uma máscara sobre um rosto humano, um artifício do satirista ou do pregador; nessas, temos fábula de animais, não estória de fadas: seja *Reynard, a Raposa,* ou *O Conto do Padre da Freira,* ou *Coelho Brer,* ou meramente *Os Três Porquinhos.* As estórias de Beatrix Potter estão perto das fronteiras de Feéria, mas fora dela, acho, na maior parte.[24] Sua proximidade se deve, em grande parte, ao seu forte elemento moral: pelo que quero dizer sua moralidade inerente, não alguma *significatio* alegórica. Mas *Pedro Coelho,* embora contenha uma proibição, e embora haja proibições na terra das fadas (como, provavelmente, há proibições universo afora em todo plano e em toda dimensão), continua sendo uma fábula de animais.

Ora, "O Coração do Macaco" é também, claramente, apenas uma fábula de animais. Suspeito que sua inclusão num "Livro das Fadas" se deva não (primariamente) à sua qualidade de entreter, mas, precisamente, ao suposto coração do macaco deixado para trás numa bolsa. Isso era significativo para Lang, o estudioso do folclore, mesmo que essa ideia curiosa seja usada aqui apenas como uma piada; pois, nesse conto, o coração do macaco era, de fato, bem normal e estava em seu peito. Mesmo assim, esse detalhe é claramente apenas um uso secundário de uma ideia antiga e muito espalhada no folclore, que realmente ocorre nas estórias de fadas;[25] a crença de que a vida ou força

---

[24]*O Alfaiate de Gloucester* talvez seja a que chega mais perto disso. *Sra. Tiggywinkle* chegaria igualmente perto, se não fosse pelos sinais de uma explicação de sonho. Eu também incluiria *O Vento nos Salgueiros* na categoria de fábula de animais. [N. A.]

[25]Tais como: "O Gigante que Não Tinha Coração" na coletânea *Popular Tales from the Norse,* de Dasent; ou "A Donzela do Mar" em *Popular Tales of the West Highlands,* de Campbell; ou de modo mais remoto, em *Die Kristallkugel,* de Grimm. [N. A.]

de um homem ou uma criatura pode residir em outro lugar ou outra coisa; ou em alguma parte do corpo (especialmente o coração) que possa ser retirada e guardada numa bolsa, ou sob uma pedra ou num ovo. Numa ponta da história registrada do folclore, essa ideia foi usada por George McDonald em sua estória de fadas *O Coração do Gigante*, que deriva seu motivo central (bem como muitos outros detalhes) de contos tradicionais bem conhecidos. Na outra ponta, de fato no que provavelmente é uma das mais antigas estórias escritas, ela ocorre em *O Conto dos Dois Irmãos*, no papiro egípcio D'Orsigny. Ali o irmão mais novo diz ao mais velho:

> "Hei de lançar um encanto sobre meu coração e hei de colocá-lo sobre a flor do cedro. Ora, o cedro será cortado e meu coração cairá ao chão, e tu hás de vir buscá-lo, ainda que passes sete anos a buscá-lo; mas quando tu o encontrares, coloca-o num vaso de água fria, e em verdade eu hei de viver."[26]

Mas esse ponto interessante e comparações como essas nos levam à beira da segunda questão: quais são as origens das "estórias de fadas"? Isso deve, é claro, significar: a origem ou as origens dos elementos feéricos. Perguntar qual é a origem das estórias (mesmo que qualificando essa pergunta) é o mesmo que perguntar qual é a origem da linguagem e da mente.

ORIGENS

De fato, a questão "Qual é a origem do elemento feérico?" nos leva, em última instância, à mesma inquirição fundamental; mas há muitos elementos nas estórias de fadas (tais como esse coração destacável, ou trajes-cisne, anéis mágicos, proibições arbitrárias, madrastas malvadas e mesmo as próprias fadas) que podem ser estudados sem atacar essa questão principal.

---

[26]Budge, *Egyptian Reading Book.*

ÁRVORE E FOLHA

Tais estudos são, entretanto, científicos (pelo menos na intenção); são o trabalho de folcloristas ou antropólogos: isto é, de pessoas usando as estórias não como elas foram destinadas a ser usadas, mas como uma pedreira na qual se vai escavar evidências ou informações sobre assuntos nos quais estão interessadas. Um procedimento perfeitamente legítimo em si mesmo — mas a ignorância ou o esquecimento da natureza de uma estória (como uma coisa contada em sua integridade), muitas vezes, levou tais inquirições a julgamentos estranhos. Para investigadores desse tipo, similaridades recorrentes (tais como a matéria do coração) parecem especialmente importantes. Tanto é assim que estudiosos do folclore estão prontos a sair de sua trilha apropriada ou de se expressar em "atalhos" enganadores: enganadores, em particular, se saem de suas monografias para livros sobre literatura. Eles têm a inclinação de dizer que quaisquer duas estórias construídas em torno do mesmo motivo de folclore ou que são feitas de uma combinação genericamente similar de tais motivos são "as mesmas estórias". Lemos que *Beowulf* "é só uma versão de *Dat Erdmänneken*";[27] que "*O Touro Negro de Norroway*[28] é *A Bela e a Fera*" ou "é a mesma estória que *Eros e Psiquê*"; que a história nórdica *Donzela-mestra* (ou a narrativa gaélica *Batalha dos Pássaros*[29] e suas muitas congêneres e variantes) é "a mesma estória que o conto grego de Jasão e Medeia".

Afirmações desse tipo podem expressar (em abreviação indevida) algum elemento de verdade; mas elas não são verdadeiras num sentido de estória de fadas, não são verdadeiras na arte ou na literatura. É precisamente o colorido, a atmosfera, os detalhes individuais inclassificáveis de uma estória e, acima de tudo, o propósito geral que dá forma e vida aos ossos não dissecados da trama que realmente contam. O *Rei Lear* de Shakespeare não

---

[27]Um dos contos de fadas alemães coligidos pelos irmãos Grimm no século XIX. [N. T.]
[28]Conto de fadas escocês publicado pela primeira vez em 1842. [N. T.]
[29]Ver Campbell, op cit., vol. I. [N. A.]

SOBRE ESTÓRIAS DE FADAS

é a mesma coisa que a estória de Layamon em seu *Brut*.[30] Ou, considerando o caso extremo de *Chapeuzinho Vermelho*: é meramente de interesse secundário que as versões recontadas dessa estória, nas quais a garotinha é salva por lenhadores, sejam diretamente derivadas da estória de Perrault, na qual ela é comida pelo lobo. A coisa realmente importante é que a versão posterior tem um final feliz (mais ou menos, e se não nos lamentarmos excessivamente pela avó) e que a versão de Perrault não o tinha. E essa é uma diferença muito profunda, à qual retornarei.

Claro, eu não nego, pois sinto fortemente, a fascinação do desejo de destrinchar a história intrincadamente emaranhada e ramificada dos galhos na Árvore de Estórias. Ela está estreitamente ligada ao estudo dos filólogos sobre o embaraçado tecido da Língua, do qual conheço alguns pequenos pedaços. Mas, mesmo no que diz respeito a isso, parece-me que a qualidade e as aptidões essenciais de uma dada língua num momento vivo são mais importantes de capturar e muito mais difíceis de explicitar do que sua história linear. Assim, com relação às estórias de fadas, sinto que é mais interessante, e também, à sua maneira, mais difícil, considerar o que elas são, o que elas se tornaram para nós e que valores os longos processos alquímicos do tempo produziram nelas. Nas palavras de Dasent,[31] eu diria: "Temos de ficar satisfeitos com a sopa que é colocada diante de nós, e não desejar ver os ossos do boi com os quais ela foi preparada"[32] — embora, de forma bastante estranha, Dasent com "sopa" quisesse dizer uma mixórdia de pré-história falsa fundada nas inferências iniciais da Filologia Comparativa; e com "desejo de ver os ossos" ele quisesse dizer uma exigência de ver as elaborações e as provas que levaram a essas teorias. Com "a sopa", quero dizer a estória como é servida por seu autor ou contador,

---

[30]História ficcional da Grã-Bretanha relatada em verso pelo clérigo Layamon por volta do ano 1200. [N. T.]
[31]George Webbe Dasent (1817–1896), britânico, tradutor de textos mitológicos e folclóricos escandinavos. [N. T.]
[32]*Popular Tales from the Norse*, p. xviii. [N. A.]

e com "os ossos", suas fontes ou material — mesmo quando (por rara sorte) esses podem ser descobertos com certeza. Mas não proíbo, é claro, a crítica da sopa enquanto sopa.

Portanto, passarei superficialmente pela questão das origens. Sou demasiadamente pouco instruído para lidar com ela de qualquer outra maneira; mas é a menos importante das três questões para o meu propósito, e umas poucas observações bastarão. Está claro o suficiente que as estórias de fadas (em sentido mais amplo ou mais estreito) são muito antigas, de fato. Coisas aparentadas a elas aparecem em registros muito antigos; e são encontradas universalmente, onde quer que haja língua. Somos, portanto, confrontados com uma variante do problema que o arqueólogo ou o filólogo comparativo encontra: com o debate entre *evolução independente* (ou melhor, invenção) daquilo que é similar; *herança* de um ancestral comum; e *difusão* em vários momentos de um ou mais centros. A maioria dos debates depende de uma tentativa (de um ou ambos os lados) de ultrassimplificação; e eu não suponho que esse debate seja uma exceção. A história das estórias de fadas é provavelmente mais complexa do que a história física da raça humana e tão complexa quanto a história da linguagem humana. Todas as três coisas, invenção independente, herança e difusão, evidentemente tiveram um papel na produção da intrincada teia da Estória. Hoje está além de toda habilidade que não seja a dos elfos destrinchá-la.[33] Dessas três a *invenção* é a mais importante e fundamental e, portanto (não surpreendentemente), também é a mais misteriosa. A um inventor, ou seja, a um contador de estórias, as duas outras devem, no

---

[33]Exceto em casos particularmente afortunados; ou em poucos detalhes ocasionais. É, de fato, mais fácil destrinchar um único *fio* — um incidente, um nome, um motivo — do que traçar a história de qualquer *imagem* definida por muitos fios. Pois, com a imagem na tapeçaria, um novo elemento entrou: a imagem é maior do que (e não é explicada por) uma soma dos fios componentes. Aí jaz a fraqueza inerente do método analítico (ou "científico"): ele descobre muito sobre coisas que ocorrem nas estórias, mas pouco ou nada sobre o efeito delas em qualquer estória particular. [N. A.]

fim, levar de volta. A *difusão* (empréstimo no espaço), seja de um artefato ou de uma estória, só remete o problema da origem a outro lugar. No centro da suposta difusão, há um lugar onde um inventor, certa vez, viveu. Algo similar se dá com a *herança* (empréstimo no tempo): dessa forma, nós chegamos finalmente apenas a um inventor ancestral. Ao passo que, se acreditarmos que, às vezes, ocorreu o aparecimento independente de ideias e temas ou artifícios similares, nós simplesmente multiplicamos o inventor ancestral, mas, dessa forma, não entendemos mais claramente o seu dom.

A Filologia foi destronada do alto posto que antes tinha nessa corte de inquérito. A visão que Max Müller[34] tinha da mitologia como uma "doença da língua" pode ser abandonada sem remorso. A mitologia não é uma doença de forma alguma, embora possa, como todas as coisas humanas, ficar adoentada. Poder-se-ia muito bem dizer que o pensamento é uma doença da mente. Estaria mais perto da verdade dizer que as línguas, em especial as línguas europeias modernas, são uma doença da mitologia. Mas a Linguagem não pode, mesmo assim, ser ignorada. A mente encarnada, a língua e a estória são, no nosso mundo, coevas. A mente humana, agraciada com os poderes da generalização e da abstração, vê não apenas *grama-verde*, discriminando-a de outras coisas (e achando-a bela de contemplar), mas vê que é *verde* bem como é *grama*. Mas quão poderosa, quão estimulante para a própria faculdade que a produziu, foi a invenção do adjetivo; nenhum feitiço ou encantamento em Feéria é mais potente. E isso não é surpreendente: tais encantamentos poderiam, de fato, ser considerados apenas outra visão dos adjetivos, uma classe de palavras numa gramática mítica. A mente que pensou em *leve*, *pesado*, *cinza*, *amarelo*, *parado*, *veloz* também concebeu a magia que tornaria as coisas pesadas

---

[34]Friedrich Max Müller (1823–1900), filólogo e orientalista nascido na Alemanha, professor de Oxford e estudioso, entre outros temas, das línguas e religiões da Índia. [N. T.]

leves e capazes de voar, transformaria chumbo cinza em ouro amarelo, e a pedra parada, em água veloz. Se podia fazer uma coisa, podia fazer a outra: inevitavelmente fez ambas. Quando conseguimos abstrair o verde da grama, o azul do céu e o vermelho do sangue, temos já um poder encantatório — em certo plano; e o desejo de empunhar esse poder no mundo externo às nossas mentes desperta. Não se segue daí que usaremos esse poder bem em qualquer plano. Podemos lançar um verde mortal sobre o rosto de um homem e produzir o horror; podemos fazer a rara e terrível lua azul brilhar; ou podemos fazer com que bosques vicejem com folhas prateadas ou que carneiros usem velos de ouro e colocar fogo quente na barriga da serpente fria. Mas em tal "fantasia", como é chamada, nova forma é criada; Feéria começa; o Homem torna-se um subcriador.

Um poder essencial de Feéria é, assim, o poder de tornar imediatamente efetivas pela vontade as visões da "fantasia". Nem todas são belas ou mesmo saudáveis — não, de qualquer forma, as fantasias do Homem caído. E ele manchou os elfos que têm esse poder (em verdade ou em fábula) com sua própria mancha. Esse aspecto da "mitologia" — subcriação, em vez de representação ou interpretação simbólica das belezas e terrores do mundo — é, acho, muito pouco considerado. Isso é porque ele é visto mais em Feéria do que no Olimpo? Porque se pensa que ele pertence à "mitologia inferior" mais que à "superior"? Tem havido muito debate acerca das relações entre essas coisas, o *conto folclórico* e o *mito*; mas, mesmo se não houvesse debate, a questão exigiria alguma nota em qualquer consideração de origens, ainda que breve.

Em certa época era a visão dominante que toda matéria desse tipo era derivada de "mitos da natureza". Os Olímpicos eram *personificações* do sol, da aurora, da noite e assim por diante, e todas as estórias contadas sobre eles eram originalmente *mitos* (*alegorias* teria sido uma palavra melhor) das grandes mudanças e processos dos elementos da natureza. O épico, a lenda heroica, a saga, localizavam então essas estórias em lugares reais e as humanizavam ao atribuí-las a heróis ancestrais, mais poderosos que homens e, contudo, já homens. E finalmente essas lendas, diminuindo, tornavam-se contos folclóricos, *Märchen*, estórias de fadas — contos de ninar.

Essa pareceria ser a verdade quase que de ponta-cabeça. Quanto mais perto o assim chamado "mito da natureza", ou alegoria dos grandes processos da natureza, está de seu suposto arquétipo, menos interessante ele é e, de fato, menos é um mito capaz de lançar qualquer iluminação que seja sobre o mundo. Vamos assumir para o momento, como essa teoria assume, que nada realmente existe de correspondente aos "deuses" da mitologia: nenhuma personalidade, apenas objetos astronômicos ou meteorológicos. Então esses objetos naturais podem apenas ser adornados com um significado e uma glória pessoal por um dom, um dom de uma pessoa, de um homem. Personalidade só pode ser derivada de uma pessoa. Os deuses podem derivar sua cor e sua beleza dos altos esplendores da natureza, mas foi o Homem que as obteve para eles, abstraiu-as de sol e lua e nuvem; sua personalidade eles a obtêm diretamente dele; a sombra ou o brilho de divindade que está sobre tais deuses, eles a recebem por meio dele do mundo invisível, o Sobrenatural. Não há distinção fundamental entre as mitologias superiores e inferiores. Seus povos vivem, se vivem de algum modo, pela mesma vida, tal como no mundo mortal vivem reis e camponeses.

Tomemos o que parece um caso claro de mito da natureza olímpico: o deus nórdico Thórr. Seu nome é Trovão, palavra cuja forma nórdica é Thórr; e não é difícil interpretar seu martelo, Miöllnir, como o relâmpago. Contudo, Thórr tem (até onde vão nossos registros tardios) um caráter, ou uma personalidade, muito marcados, que não podem ser encontrados no trovão ou no relâmpago, mesmo que alguns detalhes possam, de certa forma, ser relacionados a esses fenômenos naturais, como sua barba ruiva, sua voz forte, seu temperamento violento e sua força desastrada e esmagadora. Mesmo assim, equivale a fazer uma pergunta sem muito significado inquirirmos: o que veio primeiro, alegorias da natureza sobre o trovão personalizado nas montanhas, rachando pedras e árvores, ou estórias sobre um fazendeiro irascível, não muito esperto, de barba ruiva, de uma força além da medida comum, uma pessoa (em tudo, salvo na mera estatura) muito semelhante aos fazendeiros do Norte, os *bœndr* por quem Thórr era especialmente amado? Para uma imagem de tal homem pode-se sustentar que Thórr tenha "diminuído", ou dela pode-se sustentar que o deus tenha sido aumentado. Mas duvido que qualquer uma das visões esteja certa — não por si só, não se você insistir que uma dessas coisas deve preceder a outra. É mais razoável supor que o fazendeiro apareceu no exato momento em que Trovão ganhou uma voz e um rosto; que havia um distante rosnado de trovão nas colinas toda vez que um contador de estórias ouvia um fazendeiro com raiva.

Thórr deve, é claro, ser considerado um membro da aristocracia superior da mitologia: um dos governantes do mundo. Contudo, a estória que é contada acerca dele no poema "Thrymskvitha" (na *Edda Antiga*) é certamente apenas uma estória de fadas. É velha, até onde vão os poemas nórdicos, mas isso não é muita coisa (digamos, 900 d.C., ou um pouco anterior, nesse caso). Mas não há nenhuma razão real para supor que essa estória seja "não primitiva", de qualquer modo, em qualidade: isto é, porque ela é do tipo folclórico e não muito dignificada. Se pudéssemos recuar no tempo, a estória de fadas poderia se mostrar mudada em detalhes ou dar lugar a outras estórias. Mas sempre haveria uma "estória de fadas" enquanto houvesse algum Thórr. Quando a estória de fadas cessasse, haveria apenas trovão, que nenhum ouvido humano ainda tinha escutado.

Algo realmente "superior" é ocasionalmente vislumbrado na mitologia: a Divindade, o direito ao poder (enquanto distinto de sua posse), a adoração devida; de fato, a "religião". Andrew Lang disse, e ainda recebe elogios de algumas pessoas por tê-lo dito,[35] que mitologia e religião (no sentido estrito dessa palavra)

---

[35]Por exemplo, por Christopher Dawson em *Progresso e Religião*. [N. A.]

SOBRE ESTÓRIAS DE FADAS

são duas coisas distintas que se tornaram inextricavelmente emaranhadas, embora a mitologia seja, em si mesma, quase desprovida de significância religiosa.[36]

Contudo, essas coisas de fato ficaram emaranhadas — ou talvez elas tenham sido separadas há muito e tenham, desde então, tateado vagarosamente, através de um labirinto de erro, através da confusão, de volta à refusão. Mesmo as estórias de fadas como um todo têm três faces: a Mística, voltada para o Sobrenatural; a Mágica, voltada para a Natureza; e o Espelho de Escárnio e Pena, voltado para o Homem. A faceta essencial de Feéria é a do meio, a Mágica. Mas o grau em que as outras aparecem (se aparecem) é variável e pode ser decidido pelo contador de estórias individual. A Mágica, a estória de fadas, pode ser usada como um *Mirour de l'Omme*;[37] e pode (ainda que não tão facilmente) se tornar um veículo do Mistério. Isso, pelo menos, é o que George MacDonald tentou, criando estórias de poder e beleza quando teve sucesso, como em *A Chave Dourada* (que ele chamava de conto de fadas); e mesmo quando falhou parcialmente, como em *Lilith* (que ele chamava de romance).

Por um momento, retornemos à "Sopa" que eu mencionei anteriormente. Falando da história das estórias e especialmente da história das estórias de fadas, podemos dizer que a Panela de Sopa, o Caldeirão das Estórias, sempre esteve fervendo, e a ela foram continuamente adicionados novos ingredientes, refinados e não refinados. Por essa razão, para usar

---

[36]Isso é corroborado pelo estudo mais cuidadoso e compreensivo de povos "primitivos", isto é, de povos ainda vivendo num paganismo herdado, que não são, como dizemos, civilizados. A busca apressada encontra apenas seus contos mais selvagens; um exame mais próximo encontra seus mitos cosmológicos; só a paciência e o conhecimento íntimo descobrem sua filosofia e religião: aquilo que é verdadeiramente adorado, do qual os "deuses" não são necessariamente uma incorporação de modo algum, ou apenas o são numa medida variável (frequentemente decidida pelo indivíduo). [N. A.]

[37]"Espelho do Homem" em uma forma de francês medieval, expressão usada pelo poeta Gower, que já foi citado anteriormente no ensaio. [N. T.]

um exemplo casual, o fato de uma estória, conhecida como *A Garota-ganso* (*Die Gänsemagd* nos irmãos Grimm), lembrar uma outra, sobre Berta Pés-grandes, mãe de Carlos Magno, e ser contada no século XIII realmente não prova nada para nenhum lado: nem que a estória (no século XIII) estava descendo do Olimpo ou de Asgard por meio de um já legendário rei de outrora, no caminho de se tornar uma *Hausmärchen*,[38] nem que estava no caminho de subida. A estória se mostra amplamente distribuída, não ligada à mãe de Carlos Magno ou a qualquer outra personagem histórica. Desse fato em si mesmo nós certamente não podemos deduzir que não seja uma estória verdadeira em relação à mãe de Carlos Magno, embora esse seja o tipo de dedução feito mais frequentemente a partir desse tipo de evidência. A opinião de que a estória não é verdadeira em relação a Berta Pés-grandes deve ser fundamentada em algo mais: em características da estória que a filosofia do crítico não permite serem possíveis na "vida real", de forma que ele, de fato, não acreditaria na estória, mesmo se ela não fosse encontrada em nenhum outro lugar; ou na existência de boas evidências históricas de que a vida real de Berta tenha sido bem diferente, de forma que ele não acreditaria na estória, mesmo que sua filosofia permitisse que ela fosse perfeitamente possível na "vida real". Ninguém, imagino, deixaria de acreditar na estória de que o Arcebispo da Cantuária escorregou numa casca de banana porque descobriu que um acidente cômico similar tinha sido relatado sobre muitas pessoas, especialmente sobre cavalheiros idosos e proeminentes. A pessoa poderia não acreditar na estória se descobrisse que um anjo (ou mesmo uma fada) tinha avisado ao Arcebispo de que ele iria escorregar se usasse polainas numa sexta-feira. Ela poderia também não acreditar na estória caso se afirmasse que ela ocorreu no período entre, digamos, 1940 e 1945. Já é suficiente. É um argumento óbvio e foi usado antes; mas arrisco usá-lo outra vez (embora esteja

---

[38] "Contos de fadas domésticos" em alemão. [N. T.]

SOBRE ESTÓRIAS DE FADAS

um pouco além do meu propósito presente), pois ele é constantemente negligenciado por aqueles que se preocupam com as origens de contos.

Mas e quanto à casca de banana? Nossa relação com ela realmente começa apenas quando é rejeitada pelos historiadores. É mais útil quando é jogada fora. O historiador provavelmente diria que a estória da casca de banana "ficou ligada ao Arcebispo", como realmente diz, com base em boas evidências, que "a *Marchën* da Garota-ganso ficou ligada a Berta". Mas essa é realmente uma boa descrição do que está acontecendo e do que aconteceu na história da criação de estórias? Acho que não. Acho que estaria mais perto da verdade dizer que o Arcebispo ficou ligado à casca de banana, ou que Berta foi transformada na Garota-ganso. Melhor ainda: eu diria que a mãe de Carlos Magno e o Arcebispo foram colocados na Panela, entraram de fato na Sopa. Foram só novos ingredientes adicionados ao caldo. Uma honra considerável, pois, naquela sopa, estavam muitas coisas mais velhas, mais potentes, mais belas, cômicas ou terríveis do que eles eram em si mesmos (considerados simplesmente como figuras da história).

Parece razoavelmente claro que Arthur, antes uma figura histórica (mas talvez, como tal, sem grande importância), também foi colocado na Panela. Lá ele cozinhou por muito tempo, junto com muitas outras figuras e emblemas mais antigos da mitologia e de Feéria e mesmo com alguns outros ossos perdidos da história (tais como a defesa de Alfred contra os daneses), até que emergiu como um Rei de Feéria. A situação é similar na grande corte "arthuriana" nortista dos Reis-do-Escudo da Dinamarca, os *Scyldingas* da antiga tradição inglesa.[39] O rei Hrothgar e sua família têm muitas marcas manifestas de história verdadeira, bem mais do que Arthur; contudo, mesmo nos

---

[39]Retratados principalmente no grande poema medieval *Beowulf*, em inglês antigo. [N. T.]

mais antigos relatos (ingleses) sobre eles, são associados com muitas figuras e eventos de estória de fadas: eles estiveram na Panela. Mas me refiro agora aos restos das mais antigas estórias inglesas registradas de Feéria (ou de suas fronteiras), apesar do fato de que elas são pouco conhecidas na Inglaterra, não para discutir a transformação do menino-urso no cavaleiro Beowulf, ou para explicar a intrusão do ogro Grendel no salão real de Hrothgar. Desejo apontar algo mais que essas tradições contêm: um exemplo singularmente sugestivo da relação do "elemento de conto de fadas" com deuses e reis e homens anônimos, ilustrando (acredito eu) a visão de que esse elemento não se eleva ou cai, mas está lá, no Caldeirão das Estórias, esperando pelas grandes figuras do Mito e da História e pelos ainda anônimos Ele ou Ela, esperando o momento em que eles são lançados no caldo borbulhante, um por um ou todos juntos, sem consideração de classe ou precedência.

O grande inimigo do rei Hrothgar era Froda, rei dos Hetobardos. Contudo, sobre a filha de Hrothgar, Freawaru, ouvimos ecos de uma estória estranha — incomum nas lendas heroicas do Norte: o filho do inimigo de sua casa, Ingeld, filho de Froda, apaixonou-se por ela e a desposou, com consequências desastrosas. Mas isso é extremamente interessante e significativo. No pano de fundo da antiga contenda se ergue a figura do deus que os nórdicos chamavam de Frey (o Senhor) ou Yngvi-Frey, e que os anglos chamavam de Ing: um deus da antiga mitologia (e religião) nórdica da Fertilidade e do Trigo. A inimizade das casas reais estava ligada ao local sagrado de um culto dessa religião. Ingeld e seu pai carregam nomes pertencentes a ele. A própria Freawaru é denominada "Proteção do Senhor (ou seja, de Frey)". Contudo, uma das principais coisas contadas mais tarde (em islandês antigo) sobre Frey é a estória em que ele se apaixona, a distância, pela filha dos inimigos dos deuses, Gerdr, filha do gigante Gymir, e a desposa. Isso prova que Ingeld e Freawaru, ou o amor deles, são "meramente míticos"? Acho que não. A história frequentemente lembra o mito, porque ambos são, em última instância, do mesmo estofo.

SOBRE ESTÓRIAS DE FADAS

Se, de fato, Ingeld e Freawaru nunca viveram, ou, pelo menos, nunca amaram, então é, em última instância, do homem e da mulher anônimos que eles obtiveram sua estória, ou melhor, foi na estória deles que entraram. Foram colocados no Caldeirão, onde tantas coisas potentes jazem borbulhando por eras no fogo, entre elas amor à primeira vista. Assim também ocorreu com o deus. Se nenhum jovem jamais tivesse se apaixonado num encontro casual por uma donzela e não tivesse descoberto velhas inimizades a se colocar entre ele e o seu amor, então o deus Frey nunca teria visto Gerdr, a filha do gigante, do assento elevado de Odin. Mas, se falamos de um Caldeirão, não devemos esquecer totalmente os Cozinheiros. Há muitas coisas no Caldeirão, mas os Cozinheiros não mergulham a concha nele cegamente. A seleção que fazem é importante. Os deuses são, afinal, deuses, e é matéria de certa importância quais estórias são contadas sobre eles. Assim, devemos admitir livremente que uma estória de amor tem mais probabilidade de ser contada se envolve um príncipe histórico e, de fato, tem mais probabilidade de realmente acontecer numa família histórica, cujas tradições são as do Dourado Frey e dos Vanir, e não as de Odin, o Godo, o Necromante, aquele que sacia os corvos, Senhor dos Mortos. Pouco é de se admirar que *spell*, "feitiço", signifique tanto uma estória contada quanto uma fórmula de poder sobre homens viventes.

Mas quando fazemos tudo o que a pesquisa — coleta e comparação dos contos de muitas terras — é capaz de fazer, quando explicamos muitos dos elementos que comumente estão incrustados em estórias de fadas (tais como madrastas, ursos e touros encantados, bruxas canibais, tabus sobre nomes e coisas do tipo) como relíquias de costumes antes praticados na vida diária ou de crenças antes tratadas como crenças e não como "fantasias", resta ainda um ponto que é esquecido com demasiada frequência: isto é, o efeito produzido *agora* por essas velhas coisas nas estórias como elas são.

Para começar, elas são agora *velhas*, e a antiguidade tem um apelo em si mesma. A beleza e o horror de *O Junípero* (*Von dem*

Machandelboom),[40] com seu magistral e trágico começo, o abominável cozido canibal, os ossos asquerosos, o alegre e vingativo espírito-pássaro saindo de uma névoa que se levantara da árvore, permaneceu comigo desde a infância; e, no entanto, sempre o principal sabor daquele conto que permanece na memória não é a beleza ou o horror, mas a distância e um grande abismo de tempo, não mensuráveis nem mesmo por *twe tusend Johr*.[41] Sem o cozido e os ossos — dos quais as crianças são agora, com demasiada frequência, poupadas em versões suavizadas dos irmãos Grimm[42] —, essa visão seria em grande parte perdida. Não acho que eu tenha sido ferido pelo horror *no contexto do conto de fadas*, seja lá de que crenças e práticas escuras do passado ele possa ter vindo. Tais estórias têm agora um efeito mítico ou totalizante (não analisável), um efeito bastante independente das descobertas do Estudo Comparativo do Folclore, e que ele não é capaz de estragar ou explicar; elas abrem uma porta para Outro Tempo e, se a atravessarmos, ainda que por um momento, ficamos fora de nosso próprio tempo, fora do Tempo em si, talvez.

Se fizermos uma pausa, não meramente para notar que tais velhos elementos foram preservados, mas para pensar em *como* eles foram preservados, devemos concluir, acho, que isso aconteceu com frequência, se não sempre, precisamente por causa de seu efeito literário. Não podemos ter sido nós, ou mesmo os irmãos Grimm, que primeiro o sentimos. Estórias de fadas não são, de forma nenhuma, matrizes rochosas das quais os fósseis não podem ser arrancados, a menos que o faça um geólogo especializado. Os elementos antigos podem ser retirados, esquecidos e jogados fora ou repostos por outros ingredientes com a maior facilidade, como mostra qualquer comparação de

---

[40]Outra estória de fadas coligida pelos irmãos Grimm no século XIX. [N. T.]

[41]"Dois mil anos" no dialeto alemão no qual a estória foi registrada. [N. T.]

[42]Elas não deveriam ser poupadas disso — a menos que sejam poupadas da estória inteira até que sua digestão esteja mais forte. [N. A.]

uma estória com variantes proximamente relacionadas a ela. As coisas que estão lá devem ter sido retidas (ou inseridas) com frequência porque os narradores orais, instintiva ou conscientemente, sentiram sua "significância" literária.[43] Mesmo onde se deduz que uma proibição numa estória de fadas é derivada de algum tabu praticado há muito tempo, ela provavelmente foi preservada nos estágios posteriores da história do conto por causa da grande significância mítica da proibição. Uma percepção dessa significância pode, de fato, estar por trás de alguns dos próprios tabus. Não — ou então tu partirás como mendigo em um arrependimento sem fim. As mais gentis "estórias de ninar" sabem disso. Até Pedro Coelho foi proibido de entrar num jardim, perdeu seu casaco azul e ficou doente. A Porta Trancada continua sendo uma Tentação eterna.

CRIANÇAS

Voltar-me-ei agora para a questão das crianças e então chegarei à última e mais importante das três questões: quais, se existem, são os valores e as funções das estórias de fadas *agora*? Normalmente, se assume que as crianças são a audiência natural ou especialmente apropriada para estórias de fadas. Ao descrever uma estória de fadas que eles acham que os adultos possivelmente leriam para seu próprio entretenimento, os resenhistas frequentemente se permitem dizer bobagens como: "Este livro é para crianças das idades de seis a sessenta anos". Mas eu ainda não vi o anúncio de um novo modelo de automóvel que começasse assim: "Este brinquedo vai divertir infantes dos dezessete aos setenta anos"; embora isso, para a minha cabeça, fosse muito mais apropriado. Há alguma conexão *essencial* entre crianças e estórias de fadas? Há alguma necessidade de comentário, se um adulto as lê para si mesmo? *Lê* como estórias, isto é, não as *estuda* como curiosidades. Permite-se que adultos colecionem

---

[43]Ver "Nota B" no fim do texto (p. 80). [N. A.]

e estudem qualquer coisa, até velhos programas de teatro ou sacos de papel.

Entre aqueles que ainda têm sabedoria suficiente para não achar as estórias de fadas perniciosas, a opinião comum parece ser a de que há uma conexão natural entre as mentes das crianças e as estórias de fadas, da mesma ordem que a conexão entre os corpos das crianças e o leite. Acho que isso é um erro; na melhor das hipóteses, um erro de falso sentimento e que é, portanto, cometido com mais frequência por aqueles que, por qualquer razão pessoal (tal como a falta de filhos), tendem a pensar nas crianças como um tipo especial de criatura, quase uma raça diferente, e não como membros normais, ainda que imaturos, de uma família particular e da família humana em geral.

Na verdade, a associação entre crianças e estórias de fadas é um acidente da nossa história doméstica. As estórias de fadas, no mundo moderno letrado, têm sido relegadas ao berçário, assim como a mobília desmazelada e antiquada é relegada ao quarto de brinquedos, principalmente porque os adultos não a querem e não se importam se ela é maltratada.[44] Não é a escolha das crianças que define isso. As crianças, como classe — o que elas não são, exceto em sua falta comum de experiência —, nem são as maiores apreciadoras de estórias de fadas, nem as entendem melhor do que os adultos; e não mais do que elas gostam de muitas outras coisas. Elas são jovens, estão crescendo e normalmente têm apetites ávidos, então as estórias de fadas, via de regra, descem suficientemente bem. Mas, na verdade, apenas

---

[44]No caso das estórias e de outras tradições do berçário, há também outro fator: as famílias mais abastadas empregavam mulheres para cuidar de suas crianças, e as estórias eram contadas por essas amas, que estavam, às vezes, em contato com tradições rústicas e folclóricas esquecidas por seus "superiores". Há muito que essa fonte secou, pelo menos na Inglaterra; mas já teve alguma importância. Mas, de novo, não há prova de que as crianças sejam especialmente aptas a receber esse "folclore" em vias de desaparecer. Daria na mesma (ou seria melhor) que coubesse às amas escolher os quadros ou a mobília do quarto. [N. A.]

algumas crianças — e alguns adultos — têm qualquer gosto especial por elas; e quando o têm, ele não é exclusivo, nem mesmo necessariamente dominante.[45] É um gosto, além disso, que não aparece, creio eu, muito cedo na infância sem estímulo artificial; é certamente um gosto que não diminui, mas aumenta com a idade, se for inato.

É verdade que, em tempos recentes, as estórias de fadas têm normalmente sido escritas ou "adaptadas" para crianças. Mas o mesmo pode ocorrer com a música, ou a poesia, ou os romances, ou a história, ou os manuais científicos. É um processo perigoso, mesmo quando é necessário. Tal processo, de fato, só é salvo do desastre pelo fato de que as artes e as ciências não são, como um todo, relegadas ao berçário; ao berçário e à sala de aula meramente são dados tais gostos e vislumbres da coisa adulta como os que parecem adequados a eles na opinião adulta (frequentemente muito equivocada). Qualquer uma dessas coisas tornar-se-ia, se deixada de todo no berçário, gravemente debilitada. Do mesmo modo, uma bela mesa, uma boa pintura ou um aparelho útil (tal como um microscópio) seriam desfiguradas ou quebradas se deixadas por muito tempo desatendidas numa sala de aula. Estórias de fadas banidas dessa maneira, desligadas de uma arte plena e adulta, no final seriam arruinadas; de fato, na medida em que foram assim banidas, elas acabaram sendo arruinadas.

O valor das estórias de fadas, assim, não deve, na minha opinião, ser encontrado ao se considerar as crianças em particular. Coleções de estórias de fadas são, na verdade, por natureza, sótãos e quartos de despejo; só por costume temporário e local se tornam quartos de brinquedo. Seus conteúdos estão desordenados e frequentemente amarrotados, uma maçaroca de diferentes datas, propósitos e gostos; mas, entre elas, pode ocasionalmente ser encontrada uma coisa de virtude permanente: uma velha obra de arte, não demasiado danificada, que só por estupidez teria sido enfiada num canto.

---

[45]Ver "Nota C" no fim do texto (p. 82). [N. A.]

Os *Fairy Books* de Andrew Lang talvez não sejam quartos de despejo. São mais como prateleiras num bazar. Alguém com um espanador e um bom olho para coisas que retêm algum valor circulou pelos sótãos e depósitos. Suas coleções são, em grande parte, um subproduto de seu estudo adulto de mitologia e folclore; mas elas foram transformadas em, e apresentadas como, livros para crianças.[46] Algumas das razões que Lang citou para isso são dignas de análise.

A introdução para o primeiro livro da série fala das "crianças para quem e por quem as estórias são contadas". "Elas representam", diz ele, "a era juvenil do homem leal a seus primeiros amores e têm seu afiado gume de crença, um apetite fresco por maravilhas." "*É verdade?*", diz ele, "é a grande pergunta que as crianças fazem."

Suspeito que *crença* e *apetite por maravilhas* são aqui considerados como idênticos ou proximamente relacionados. Esses conceitos são radicalmente diferentes, embora o apetite por maravilhas não seja diferenciado por uma mente humana em crescimento, de uma vez ou a princípio, de seu apetite geral. Parece razoavelmente claro que Lang está usando *crença* no seu sentido ordinário: crença de que uma coisa existe ou pode acontecer no mundo real (primário). Se for assim, então temo que as palavras de Lang, despidas de sentimento, só podem implicar que o contador de contos maravilhosos para crianças deve ou pode se aproveitar ou, de qualquer modo, acaba se aproveitando da *credulidade* delas, da falta de experiência que torna menos fácil para as crianças distinguir fato de ficção em casos particulares, embora a distinção em si mesma seja fundamental para a mente humana sã e para as estórias de fadas.

As crianças são capazes, é claro, de *crença literária*, quando a arte do criador de estórias é boa o suficiente para produzi-la. Esse estado da mente tem sido chamado de "suspensão voluntária da

---

[46]Por Lang e seus auxiliares. Isso não é verdade quanto à maioria dos conteúdos em suas formas originais (ou nas mais antigas que sobrevivem). [N. A.]

SOBRE ESTÓRIAS DE FADAS

descrença". Mas isso não me parece uma boa descrição do que acontece. O que realmente acontece é que o criador de estórias mostra ser um "subcriador" bem-sucedido. Ele cria um Mundo Secundário que a sua mente pode adentrar. Dentro dele, o que relata é "verdadeiro", está de acordo com as leis daquele mundo. Você, portanto, acredita, enquanto está, de certa forma, ali dentro. No momento em que a descrença surge, o feitiço se quebra; a magia, ou melhor, a arte, falhou. Você, então, sai para o Mundo Primário de novo, olhando para o pequeno e abortivo Mundo Secundário do lado de fora. Se você for obrigado, por bondade ou circunstância, a ficar, então a descrença tem de ser suspensa (ou abafada); do contrário, ouvir e olhar se tornariam intoleráveis. Mas essa suspensão da descrença é um substituto da coisa genuína, um subterfúgio que usamos quando condescendemos a jogos ou faz de conta ou quando tentamos (mais ou menos, voluntariamente) achar a virtude que pudermos numa obra de arte que, para nós, fracassou.

Um verdadeiro entusiasta do críquete está no estado encantado: Crença Secundária. Eu, quando vejo uma partida, estou no nível inferior. Consigo atingir uma suspensão voluntária da descrença, quando estou preso lá e apoiado por algum outro motivo que mantenha o tédio a distância: por exemplo, uma preferência selvagem, heráldica, por azul-escuro em vez de azul-claro. Essa suspensão da descrença pode, assim, ser um estado algo cansado, desmazelado ou sentimental da mente e, portanto, inclinar-se para o "adulto". Imagino que esse seja frequentemente o estado dos adultos na presença de uma estória de fadas. Eles são mantidos ali e apoiados por sentimentos (memórias da infância, ou noções de como a infância deveria ser); acham que deveriam gostar da estória. Mas, se realmente gostassem dela, por si mesma, não teriam de suspender a descrença: eles acreditariam — nesse sentido.

Ora, se Lang tivesse desejado dizer algo assim, poderia ter havido alguma verdade em suas palavras. Pode-se argumentar que é mais fácil operar o feitiço com crianças. Talvez seja, embora eu não esteja certo disso. A aparência de que o seja frequentemente é, acho, uma ilusão adulta produzida pela humildade das crianças, por sua falta de experiência crítica e vocabulário, e por sua voracidade (própria de seu crescimento rápido). Elas gostam ou tentam gostar do que lhes é dado: se não gostam, não conseguem expressar bem o seu desgosto ou oferecer razões para ele (e então podem escondê-lo); e gostam de uma grande massa de coisas diferentes indiscriminadamente, sem se preocupar em analisar os planos de sua crença. Em todo caso, duvido que essa poção — o encantamento da estória de fadas eficaz — seja realmente do tipo que se torna "embotado" pelo uso, menos potente depois de goles repetidos.

"*É verdade?* é a grande pergunta que as crianças fazem", disse Lang. Elas realmente fazem essa pergunta, eu sei; e não é uma pergunta que deva ser respondida de modo imprudente ou descuidado.[47] Mas ela dificilmente é evidência de "crença afiada", ou mesmo do desejo dela. Com mais frequência, ela vem do desejo da criança de saber com que tipo de literatura está se defrontando. O conhecimento das crianças sobre o mundo é, muitas vezes, tão pequeno que elas não conseguem discriminar, de cara e sem ajuda, entre o fantástico, o estranho (isto é, fatos remotos e raros), o sem sentido e o meramente "crescido" (isto é, coisas ordinárias do mundo de seus pais, muitas das quais permanecem inexploradas). Mas elas reconhecem as diferentes categorias e podem gostar de todas elas às vezes. Claro que as fronteiras entre essas áreas são frequentemente flutuantes ou confusas; mas isso não é verdade apenas para as crianças. Todos conhecemos as diferenças entre os tipos, mas não temos sempre certeza de como classificar qualquer coisa que ouvimos. Uma criança pode bem acreditar num relato dizendo que há ogros no condado vizinho; muitas pessoas crescidas acham isso fácil

---

[47]Com muito mais frequência elas me perguntam: "Ele era bom? Ele era mau?". Isto é, estavam mais preocupadas em ter uma visão clara do lado Certo e do lado Errado. Pois essa é uma pergunta igualmente importante na História e em Feéria. [N. A.]

de acreditar sobre outro país; e, quanto a outro planeta, muito poucos adultos parecem capazes de imaginá-lo como habitado — se é que tem habitantes — por qualquer coisa que não monstros de iniquidade.

Ora, eu era uma das crianças a quem Andrew Lang se dirigia — nasci por volta da mesma época que *O Fabuloso Livro Verde* —, as crianças para quem ele parecia pensar que as estórias de fadas fossem o equivalente do romance adulto e sobre quem ele disse: "Seu gosto permanece como o gosto de seus ancestrais nus milhares de anos atrás; e elas parecem gostar de contos de fadas mais do que de história, poesia, geografia ou aritmética."[48] Mas sabemos realmente muito sobre esses "ancestrais nus", exceto que eles certamente não estavam nus? Nossas estórias de fadas, por mais velhos que certos elementos nelas possam ser, certamente não são as mesmas que as deles. Contudo, quando se assume que temos estórias de fadas porque eles as tinham, então provavelmente temos história, geografia, poesia e aritmética porque eles gostavam dessas coisas também, até onde eles podiam defini-las e até onde eles já tinham separado os muitos ramos de seu interesse geral em tudo.

E, quanto às crianças dos dias atuais, a descrição de Lang não se encaixa nas minhas próprias memórias ou na minha experiência com crianças. Lang pode ter se enganado sobre as crianças que conhecia, mas, se não o fez, então, de qualquer modo, as crianças diferem consideravelmente, mesmo dentro das fronteiras estreitas da Grã-Bretanha, e as generalizações que as tratam como uma classe (desconsiderando seus talentos individuais, as influências da região onde vivem e a sua criação) são ilusórias. Eu não tinha nenhum "desejo de acreditar" infantil especial. Eu queria saber. A crença dependia da maneira pela qual as estórias eram apresentadas a mim, por pessoas mais velhas ou pelos autores, ou do tom e da qualidade inerentes

---

[48]Prefácio do *Violet Fairy Book*. [N. A.]

do conto. Mas em nenhum momento consigo lembrar que a apreciação de uma estória fosse dependente da crença de que tais coisas podiam acontecer ou tinham acontecido na "vida real". As estórias de fadas claramente não se preocupavam principalmente com possibilidade, mas com desejabilidade. Se elas despertavam o *desejo*, satisfazendo-o enquanto, muitas vezes, aguçavam-no intoleravelmente, elas tinham sucesso. Não é necessário ser mais explícito aqui, pois espero dizer algo mais tarde sobre esse desejo, um complexo de muitos ingredientes, alguns universais, outros particulares aos homens modernos (incluindo as crianças modernas) ou mesmo a certos tipos de homens. Eu não tinha desejo de ter sonhos ou aventuras como as de *Alice*, e o conjunto delas meramente me divertia. Eu tinha muito pouco desejo de procurar tesouro enterrado ou combater piratas, e *A Ilha do Tesouro* me deixou frio. Índios eram melhores: havia arcos e flechas (eu tinha e tenho um desejo completamente insatisfeito de atirar bem com um arco), línguas estranhas, vislumbres de um modo arcaico de vida e, acima de tudo, florestas em tais estórias. Mas a terra de Merlin e Arthur era melhor que tudo isso, e o melhor de todos era o Norte sem nome de Sigurd dos Volsungos[49] e do príncipe de todos os dragões. Tais terras eram preeminentemente desejáveis. Eu nunca imaginei que o dragão fosse da mesma ordem que o cavalo. E isso não era somente porque eu via cavalos diariamente, mas porque nunca vi nem a pegada de uma serpe.[50] O dragão tinha a marca registrada *De Feéria* escrita claramente nele. Em qualquer mundo que ele tivesse seu ser, era um Outro-mundo. A Fantasia, o ato de criar ou vislumbrar Outros-mundos, era o coração do desejo de Feéria. Eu desejava dragões com um desejo profundo. Claro, eu, em meu corpo tímido, não queria tê-los na vizinhança, invadindo meu mundo relativamente seguro, no

---

[49]Maior dos heróis da mitologia escandinava, descendente de Odin e matador do dragão Fáfnir. [N. T.]
[50]Ver "Nota D" no fim do texto (p. 83). [N. A.]

SOBRE ESTÓRIAS DE FADAS

qual era possível, por exemplo, ler estórias em paz de espírito, livre de medo.[51] Mas o mundo que continha mesmo que só a imaginação de Fáfnir era mais rico e mais belo, qualquer que fosse o custo em perigo. O habitante das calmas e férteis planícies pode ouvir sobre os montes atormentados e o mar não cultivado e ansiar por eles em seu coração. Pois o coração é duro, ainda que o corpo seja frágil.

Mesmo assim, por mais importante que eu percebo que tenha sido o elemento de estória de fadas nas primeiras leituras, falando por mim mesmo quando criança, só posso dizer que um apreço por estórias de fadas não era uma característica dominante do gosto inicial. Um verdadeiro gosto por essas estórias despertou depois dos dias de "berçário", e depois dos anos, poucos, mas que pareceram longos, entre aprender a ler e ir para a escola. Nessa época (eu quase escrevi "feliz" ou "dourada", na realidade, foi uma fase triste e atribulada), eu gostava de muitas outras coisas igualmente, ou mais ainda: coisas tais como história, astronomia, botânica, gramática e etimologia. Eu não concordava de jeito nenhum com as "crianças" generalizadas de Lang, em princípio, e só em alguns pontos por acidente: era, por exemplo, insensível à poesia e a pulava se ela aparecesse em contos. A poesia eu descobri muito mais tarde no latim e no grego, e especialmente ao ser levado a tentar traduzir versos ingleses para versos clássicos. Um verdadeiro gosto por estórias de fadas foi despertado pela filologia no limiar da idade adulta e apressado para a vida plena pela guerra.

Talvez eu tenha dito mais do que o suficiente sobre esse tema. Pelo menos ficará claro que, na minha opinião, estórias de fadas não deveriam ser *especialmente* associadas a crianças. Estão associadas a elas, naturalmente, porque crianças são humanas, e

---

[51]Muitas vezes é isso que, naturalmente, as crianças querem dizer quando perguntam: "Isso é verdade?". Elas querem dizer: "Gosto disso, mas é contemporâneo? Estou seguro na minha cama?". A resposta "Certamente não há nenhum dragão na Inglaterra hoje" é tudo o que elas querem ouvir. [N. A.]

estórias de fadas são um gosto humano natural (embora não necessariamente universal); acidentalmente, porque as estórias de fadas são uma grande parte do restolho literário que, na Europa das épocas mais recentes, foi enfiado em sótãos; antinaturalmente, por causa de um sentimento errôneo em relação às crianças, um sentimento que parece crescer com o declínio no número de crianças.

É verdade que a era do sentimentalismo da infância produziu alguns livros deliciosos (especialmente encantadores, no entanto, para adultos) do tipo feérico ou próximo dele; mas também produziu um terrível matagal de estórias escritas ou adaptadas para o que era ou é concebido como a medida das mentes e necessidades das crianças. As velhas estórias são amolecidas ou censuradas, em vez de serem preservadas; as imitações, muitas vezes, são meramente bobas, do tipo Pigwiggen sem nem mesmo a intriga; ou condescendentes; ou (as mais mortais de todas) implicitamente debochadas, com um olho nos outros adultos presentes. Não acusarei Andrew Lang de deboche, mas ele certamente sorria para si mesmo e, certamente, com frequência demasiado grande, ficava de olho nos rostos de outras pessoas espertas acima das cabeças de sua audiência infantil — prejudicando de modo muito grave as *Chronicles of Pantouflia* [Crônicas de Pantouflia].

Dasent respondeu com vigor e justiça aos críticos moralistas de suas traduções de contos populares nórdicos. Contudo, cometeu a impressionante insensatez de *proibir* especificamente as crianças de lerem os dois últimos contos de sua coleção. Que um homem fosse capaz de estudar estórias de fadas e não aprender mais que isso parece quase incrível. Mas nem crítica nem advertência ou proibição teriam sido necessárias se as crianças não tivessem sido desnecessariamente consideradas as leitoras inevitáveis do livro.

Não nego que haja uma verdade nas palavras de Andrew Lang (por sentimentais que possam soar): "Aquele que quer entrar no Reino de Feéria deve ter o coração de uma criancinha." Pois essa posse é necessária para toda alta aventura, em reinos menores e muito maiores que Feéria. Mas humildade e inocência — essas coisas "o coração de uma criança" deve significar em tal contexto — não implicam necessariamente um assombro acrítico, nem, de fato, uma ternura acrítica. Chesterton, certa vez, afirmou que as crianças em cuja companhia ele viu *O Pássaro Azul*, de Maeterlinck, ficaram insatisfeitas "porque não terminava com um Dia do Juízo e não era revelado ao herói e à heroína que o Cão tinha sido fiel e o Gato, infiel". "Pois as crianças", disse ele, "são inocentes e amam a justiça; enquanto a maioria de nós é perversa e naturalmente prefere a misericórdia."

Andrew Lang ficava confuso nesse ponto. Ele teve dificuldades para defender a morte do Anão Amarelo pelas mãos do Príncipe Ricardo em uma de suas próprias estórias de fadas. "Odeio a crueldade", disse ele, "...mas aquilo foi numa luta justa, espada na mão, e o anão, paz às suas cinzas! Morreu em armas." Contudo, não está claro que "luta justa" seja mais cruel que "julgamento justo"; ou que atravessar um anão com uma espada seja mais justo que a execução de reis perversos e madrastas malvadas — que Lang abjura: ele manda seus criminosos (como se vangloria) para a aposentadoria, recebendo pensões generosas. Isso é misericórdia não temperada por justiça. É verdade que esse argumento foi endereçado não às crianças, mas a pais e responsáveis, a quem Lang estava recomendando seus próprios livros *Prince Prigio* [Príncipe Prigio] e *Prince Ricardo* [Príncipe Ricardo] como leituras adequadas.[52] Foram pais e responsáveis que classificaram as estórias de fadas como "juvenília". E essa é uma pequena amostra da falsificação de valores que resulta disso.

Se usamos *criança* num bom sentido (o termo também tem legitimamente um mau sentido), não devemos permitir que isso nos empurre ao sentimentalismo de só usar *adulto* ou *gente grande* num mau sentido (o termo também tem legitimamente um bom sentido). O processo de ficar mais velho não está

---

[52]Prefácio do *Lilac Fairy Book*. [N. A.]

necessariamente ligado ao de ficar mais perverso, embora as duas coisas frequentemente aconteçam juntas. As crianças têm de crescer, e não se tornar Peter Pans. Não perder a inocência e o assombro, mas proceder na jornada designada: aquela jornada na qual certamente não é melhor viajar com esperança do que chegar, embora devamos viajar com esperança se quisermos chegar. Mas é uma das lições das estórias de fadas (se podemos falar das lições de coisas que não lecionam) que, sobre a juventude insensível, preguiçosa e egoísta, o perigo, a tristeza e a sombra da morte podem derramar dignidade e, às vezes, até sabedoria.

Não dividamos a raça humana em Eloi e Morlocks: crianças bonitinhas — "elfos", como o século XVIII as chamava frequentemente, de maneira idiota — com seus contos de fadas (cuidadosamente podados) e sombrios Morlocks cuidando de suas máquinas. Se a estória de fadas, como um gênero, é digna de ser lida de alguma forma, ela é digna de ser escrita para (e lida por) adultos. Eles vão, é claro, colocar e tirar mais do que crianças conseguem. Então, como um ramo de uma arte genuína, as crianças podem esperar obter estórias de fadas adequadas para lerem e, contudo, dentro de sua medida; tal como podem esperar obter introduções acertadas de poesia, história e ciências. Embora possa ser melhor para elas ler algumas coisas, especialmente estórias de fadas, que estejam além de sua medida, em vez de aquém dela. Seus livros, assim como suas roupas, deveriam dar espaço para o crescimento, e seus livros, de qualquer modo, deveriam encorajá-lo.

Pois muito bem. Se os adultos devem ler estórias de fadas como um ramo natural da literatura — nem brincando de ser crianças, nem fingindo estar escolhendo para crianças e nem sendo garotos que não querem crescer —, quais são os valores e funções desse gênero? Essa é, acho eu, a última e mais importante questão. Já dei pistas de algumas de minhas respostas. Em primeiro lugar, se escritas com arte, o valor primário das estórias de fadas será aquele valor que, como literatura, elas partilham com outras formas literárias. Mas as estórias de fadas também oferecem, num grau ou modo peculiar, estas coisas:

SOBRE ESTÓRIAS DE FADAS

Fantasia, Recuperação, Escape, Consolação, todas coisas das quais as crianças têm, via de regra, menos necessidade do que as pessoas mais velhas. A maioria delas é, hoje em dia, considerada muito comumente como algo ruim para qualquer um. Considerá-las-ei brevemente e começarei com a *Fantasia*.

FANTASIA

A mente humana é capaz de formar imagens mentais de coisas que não estão realmente presentes. A faculdade de conceber as imagens é (ou era), naturalmente, chamada de Imaginação. Mas em épocas recentes, na linguagem técnica, e não na normal, a Imaginação frequentemente tem sido considerada algo mais elevado que a mera criação de imagens, atribuída às operações do que chamamos de *Fancy*, ou "Devaneio", (uma forma reduzida e depreciativa da palavra mais antiga *Fantasy*, "Fantasia"); faz-se, assim, uma tentativa de restringir, e eu diria até de aplicar erradamente o termo "Imaginação" ao "poder de dar, para criações ideais, a consistência interna da realidade".

Por mais ridículo que seja alguém tão mal instruído ter uma opinião sobre essa matéria tão crítica, aventuro-me a achar que essa distinção verbal é filologicamente inapropriada e que tal análise não é acurada. O poder mental da criação de imagens é uma coisa, ou aspecto; e deveria apropriadamente ser chamado de Imaginação. A percepção da imagem, a compreensão de suas implicações e o controle, que são necessários para uma expressão bem-sucedida, podem variar em vivacidade e força, mas isso é uma diferença de grau na Imaginação, não uma diferença de tipo. A realização da expressão, que confere (ou parece conferir) "a consistência interna da realidade",[53] é, de fato, outra coisa, ou aspecto, que precisa de outro nome: Arte, o liame operativo entre a Imaginação e o resultado final, a Subcriação. Para o meu propósito presente, eu preciso de uma palavra que abrace

---

[53]Isto é: aquilo que exige ou induz a Crença Secundária. [N. A.]

tanto a Arte Subcriativa em si mesma quanto uma qualidade de estranheza e assombro na Expressão, derivada da Imagem: uma qualidade essencial à estória de fadas. Proponho, portanto, arrogar-me os poderes de Humpty-Dumpty[54] e usar o termo Fantasia para esse propósito; isto é, num sentido que combina a seu uso mais antigo e elevado, como um equivalente de Imaginação, as noções derivadas de "irrealidade" (isto é, de dessemelhança com o Mundo Primário), de liberdade da dominação do "fato" observado, em resumo, do fantástico. Assim, não estou apenas ciente delas, mas contente com as conexões etimológicas e semânticas de *fantasia* com *fantástico*: com imagens de coisas que não apenas não estão "realmente presentes", mas que, de fato, não podem ser encontradas no nosso mundo primário de forma alguma, ou que geralmente se acredita não serem encontradas ali. Mas, embora admita isso, eu não concordo com o tom depreciativo. Que as imagens sejam de coisas que não estão no mundo primário (se isso de fato é possível) é uma virtude, não um vício. A Fantasia (nesse sentido) é, acho, não uma forma inferior, mas superior de Arte, de fato, a forma mais próxima de ser pura e, portanto (quando alcançada), a mais potente.

A Fantasia, é claro, começa com uma vantagem: estranheza arrebatadora. Mas essa vantagem foi voltada contra ela e contribuiu para sua difamação. Muitas pessoas não gostam de ser arrebatadas. Não gostam de qualquer interferência no Mundo Primário, ou naqueles pequenos vislumbres dele que são familiares a elas. Portanto, de modo estúpido e até mesmo malicioso, confundem Fantasia com Sonho, no qual não há Arte;[55] e com distúrbios mentais, nos quais não há nem mesmo controle: com a ilusão e a alucinação.

---

[54]Personagem de *Alice através do Espelho* (e de parlendas inglesas) que se arroga o direito de definir o sentido exato das palavras. [N. T.]

[55]Isso não é verdade para todos os sonhos. Em alguns, a Fantasia parece desempenhar certo papel. Mas isso é excepcional. A Fantasia é uma atividade racional, não irracional. [N. A.]

SOBRE ESTÓRIAS DE FADAS

Mas o erro ou a maldade, engendrados pela inquietação e pelo consequente desgosto, não são a única causa dessa confusão. A Fantasia tem também uma desvantagem essencial: é difícil de ser alcançada. A Fantasia pode ser, como eu acho, não menos, mas mais subcriativa; mas, de qualquer modo, descobre-se, na prática, que a "consistência interna da realidade" é tão mais difícil de produzir quanto mais diferentes forem as imagens e os rearranjos de material primário em relação ao arranjos reais do Mundo Primário. É mais fácil produzir esse tipo de "realidade" com material mais "sóbrio". A Fantasia, assim, com demasiada frequência, permanece não desenvolvida; é e foi usada de forma frívola, ou apenas de forma meio séria ou meramente para decoração: permanece meramente "um devaneio". Qualquer um que tenha herdado o aparato fantástico da linguagem humana pode dizer *o sol verde*. Muitos podem então imaginá-lo ou pintá-lo. Mas isso não é suficiente — embora já possa ser uma coisa mais potente do que muito "rascunho em miniatura" ou "transcrição da vida" que recebe elogios literários.

Criar um Mundo Secundário dentro do qual o sol verde seja crível, compelindo a Crença Secundária, provavelmente vai requerer labor e pensamento e, certamente, vai exigir uma perícia especial, um tipo de engenho élfico. Poucos tentam tais tarefas difíceis. Mas, quando elas são tentadas e, em qualquer grau, completadas, então temos uma rara realização da Arte: de fato, arte narrativa, criação de estórias, em seu modo primário e mais potente.

Na arte humana, a Fantasia é algo melhor deixado às palavras, à verdadeira literatura. Na pintura, por exemplo, a apresentação visível da imagem fantástica é tecnicamente fácil demais; a mão tende a ser mais rápida que a mente e chega mesmo a derrotá-la.[56] Tolice ou morbidez são resultados frequentes disso. É um infortúnio que o Drama, uma arte fundamentalmente

---

[56]Ver "Nota E" no fim do texto (p. 84). [N. A.]

distinta da Literatura, seja tão comumente considerado ao lado dela ou como um ramo de tal arte. Entre esses infortúnios, podemos contar a depreciação da Fantasia. Pois em parte, pelo menos, essa depreciação se deve ao desejo natural dos críticos de promover as formas de literatura ou imaginação que eles próprios, de forma inata ou por treinamento, preferem. E a crítica, num país que produziu tão grande Drama e possui as obras de William Shakespeare, tende a ser dramática demais. Mas o Drama é naturalmente hostil à Fantasia. A Fantasia, mesmo a do tipo mais simples, dificilmente chega a ter sucesso no Drama, quando é apresentada como deveria ser, visível e audivelmente representada. As formas fantásticas não se prestam a ser imitadas. Homens vestidos como animais falantes podem produzir palhaçadas ou arremedos, mas não produzem Fantasia. Isso é, acho, bem ilustrado pelo fracasso da forma bastarda, a pantomima. Quanto mais próxima está de "estória de fadas dramatizada", pior é. Só é tolerável quando a trama e sua fantasia são reduzidas a uma mera moldura vestigial para a farsa, e nenhuma "crença" de tipo algum é pedida ou esperada de ninguém. Isso, é claro, se deve em parte ao fato de que os produtores de dramas têm de trabalhar — ou tentam trabalhar — com mecanismos para representar a Fantasia ou a Magia. Certa vez, vi uma chamada "pantomima infantil", a estória simples do "Gato de Botas", que tinha até a metamorfose do ogro num camundongo. Se isso tivesse sido mecanicamente bem-sucedido, teria aterrorizado os espectadores, ou então teria sido apenas um truque de prestidigitação de alto nível. Da maneira como se deu, embora a transformação tenha sido realizada com alguma engenhosidade de iluminação, a descrença não teve só de ser suspensa, mas enforcada, arrastada e esquartejada.

Em *Macbeth*, quando o texto é lido, acho as bruxas toleráveis: elas têm uma função narrativa e alguma sugestão de significância sombria; embora sejam vulgarizadas, pobres coisas de sua raça. Elas são quase intoleráveis na peça. Seriam bastante intoleráveis se eu não fosse fortificado por alguma lembrança delas como são na peça quando lida. Dizem que minha

SOBRE ESTÓRIAS DE FADAS

sensação seria diferente se tivesse a cabeça da época, com sua
caça às bruxas e julgamentos de bruxas. Mas isso equivale a
dizer: se eu considerasse as bruxas possíveis e de fato prováveis
no Mundo Primário; em outras palavras, se elas cessassem de
ser "Fantasia". Esse argumento só comprova a ideia original.
Ser dissolvida ou ser degradada é o fado provável da Fantasia
quando um dramaturgo tenta usá-la, mesmo um dramaturgo
tal como Shakespeare. *Macbeth* é, de fato, a obra de um autor
de peças que deveria, ao menos nessa ocasião, ter escrito uma
estória, se tivesse tido a perícia ou a paciência para essa arte.

Uma razão mais importante, acho eu, do que a inadequação
dos efeitos de palco, é esta: o Drama já tentou, por sua própria
natureza, um tipo de magia falsa ou, eu diria, pelo menos subs-
tituta: *a apresentação visível e audível de homens imaginários
numa estória*. Isso é, em si mesmo, uma tentativa de reproduzir
a varinha do mágico. Introduzir nesse mundo secundário quase
mágico, mesmo que com sucesso mecânico, mais uma fantasia
ou mágica é exigir como que um mundo interno ou terciário.
É um mundo em excesso. Fazer tal coisa pode não ser impossível. Eu nunca a vi ser feita com sucesso. Mas, no mínimo,
ela não pode ser considerada o modo apropriado do Drama,
no qual pessoas ambulantes e falantes têm se mostrado ser os
instrumentos naturais da arte e da ilusão.[57]

Por essa razão precisa — a de que os personagens, e mesmo
as cenas, são, no Drama, não imaginados, mas realmente con-
templados — o Drama é, embora use um material similar
(palavras, verso, trama), uma arte fundamentalmente diferente
da arte narrativa. Assim, se você preferir Drama a Literatura
(como muitos críticos literários claramente o fazem), ou formar suas teorias críticas principalmente a partir dos críticos
dramáticos, ou mesmo a partir do Drama, estará inclinado a
desentender a pura criação de estórias e a restringi-las às limitações das peças de teatro. Você, por exemplo, provavelmente

---

[57]Ver "Nota" F no fim do texto (p. 85). [N. A.]

vai preferir personagens, mesmo os mais baixos e estúpidos, a coisas. Muito pouco das árvores enquanto árvores pode entrar numa peça.

Ora, o "Drama Feérico" — aquelas peças que, de acordo com registros abundantes, os elfos frequentemente apresentam aos homens — pode produzir Fantasia com um realismo e uma imediatez além do alcance de qualquer mecanismo humano. Como resultado, o seu efeito usual (sobre um homem) é ir além da Crença Secundária. Se está presente durante um drama feérico, você mesmo está, ou acha que está, corporalmente dentro de seu Mundo Secundário. A experiência pode ser muito similar ao Sonho e tem sido (ao que parece), às vezes (por parte dos homens), confundida com ele. Mas, no drama feérico, você está num sonho que alguma outra mente está tecendo, e o conhecimento desse fato alarmante pode escapar das suas mãos. Experimentar *diretamente* um Mundo Secundário: a poção é forte demais, e você dá a ela sua Crença Primária, por mais maravilhosos que sejam os eventos. Você acaba iludido — se essa é a intenção dos elfos (sempre ou em qualquer momento) é outra questão. De qualquer maneira, eles mesmos não são iludidos. Essa é, para eles, uma forma de Arte, uma coisa distinta da Feitiçaria ou Magia, propriamente assim chamadas. Não vivem nela, embora possam, talvez, se dar ao luxo de gastar mais tempo nela do que artistas humanos conseguem. O Mundo Primário, a Realidade de elfos e homens, é o mesmo, ainda que diferentemente valorizado e percebido.

Precisamos de uma palavra para esse engenho élfico, mas todas as palavras que foram aplicadas a ele foram borradas e confundidas com outras coisas. O termo Magia está pronto e à mão, e eu o usei anteriormente (p. 24), mas não deveria tê-lo feito; Magia deveria ser algo reservado para as operações do Mágico. Arte é o processo humano que produz, como subproduto (não é o seu único ou último objetivo), a Crença Secundária. Uma Arte da mesma sorte, ainda que mais habilidosa e sem esforço, os elfos podem também usar, ou assim os relatos parecem mostrar; mas o engenho mais potente e especialmente élfico eu vou chamar, por falta de uma palavra menos discutível, de Encantamento. O Encantamento produz um Mundo Secundário no qual tanto planejador como espectador podem entrar, para a satisfação de seus sentidos enquanto estão ali dentro; mas, em sua pureza, ele é artístico em desejo e propósito. A Magia produz, ou finge produzir, uma alteração no Mundo Primário. Não importa por quem seja praticada, fada ou mortal, ela permanece distinta dos outros dois; não é uma arte, mas uma técnica; seu desejo é *poder* neste mundo, dominação de coisas e vontades.

Ao engenho élfico, o Encantamento, a Fantasia aspira e, quando é bem-sucedida, entre todas as formas de arte humana é a que mais se aproxima dele. No coração de muitas estórias sobre os elfos feitas pelo homem jaz, aberto ou oculto, puro ou amalgamado, o desejo de uma arte subcriativa viva, concretizada, a qual (embora muito possa se parecer exteriormente com ela) é interiormente de todo diferente da ganância de poder autocentrado que é a marca do mero Mágico. Desse desejo, os elfos, em sua melhor (mas ainda assim perigosa) parte, são em grande parte feitos; e é deles que podemos aprender qual é o desejo e a aspiração central da Fantasia humana — mesmo se os elfos forem — e ainda mais até onde eles são — apenas um produto da própria Fantasia. Esse desejo criativo só é enganado por contrafações, sejam as inocentes, mas desajeitadas táticas do dramaturgo humano, sejam as fraudes malevolentes do mágico. Neste mundo ele é, para os homens, insatisfazível e, assim, imperecível. Quando não corrompido, ele não busca ilusão ou feitiço e dominação; busca enriquecimento partilhado, parceiros na criação e no deleite, não escravos.

Para muitos, a Fantasia, essa arte subcriativa que faz truques estranhos com o mundo e com tudo o que há nele, combinando nomes e redistribuindo adjetivos, parece suspeita, se não ilegítima. Para alguns, ela parece, no mínimo, uma insensatez infantil, uma coisa só para povos ou para pessoas em sua juventude. Quanto à sua legitimidade, não direi mais do que citar uma passagem breve de uma carta que escrevi certa vez a um homem[58] que descreveu o mito e as estórias de fadas como "mentiras"; embora, para fazer justiça a ele, tenha sido bondoso o suficiente e estivesse confuso o suficiente para chamar a criação de estórias de fadas de "inspirar uma mentira através da Prata".

> "Caro Senhor," disse eu, "Inda que alienado,
> O Homem não se perdeu nem foi mudado.
> Des-graçado está, mas não destronado,
> trapos da nobreza em que foi trajado:
> Homem, subcriador, luz refratada
> em quem matiz branca é despedaçada
> para muitos tons, e recombinada,
> forma viva mente a mente passada.
> Se todas as cavas do mundo enchemos
> com elfos e duendes, se fizemos
> deuses com casas de treva e de luz,
> se plantamos dragões, a nós conduz
> um direito. E não foi revogado.
> Criamos tal como fomos criados."[59]

A Fantasia é uma atividade natural humana. Ela certamente não destrói ou mesmo insulta a Razão; e não torna menos aguçado o apetite pela verdade científica, nem obscurece a percepção dela. Ao contrário. Quanto mais aguçada e clara a razão, melhor fantasia fará. Se os homens estivessem sempre num estado em que não quisessem conhecer ou não pudessem

---

[58]Este homem era C.S. Lewis. [N. E.]

[59] *'Dear Sir,' I said — 'Although now long estranged, / Man is not wholly lost nor wholly changed. / Dis-graced he may be, yet is not de-throned, / and keep the rags of lordship once he owned: / Man, Sub-creator, the refracted Light / through whom is splintered from a single White / to many hues, and endlessly combined / in living shapes that move from mind to mind. / Though all the crannies of the world we filled / with Elves and Goblins, though we dared to build / Gods and their houses out of dark and light, / and sowed the seed of dragons — 'twas our right / (used or misused). That right has not decayed: / we make still by the law in which we're made.'*

perceber a verdade (fatos ou evidências), então a Fantasia minguaria até que eles ficassem curados. Se alguma vez entrarem nesse estado (não pareceria de forma alguma impossível), a Fantasia perecerá, e tornar-se-á Desilusão Mórbida.

Pois a Fantasia criativa está fundada sobre o reconhecimento duro de que as coisas são assim no mundo como ele aparece sob o sol; num reconhecimento desse fato, mas não numa escravidão a ele. Do mesmo modo, era sobre a lógica que se fundava o disparate que se mostra nos contos e versos de Lewis Carroll. Se os homens realmente não conseguissem distinguir entre sapos e seres humanos, estórias de fadas sobre reis-sapos não teriam surgido.

A Fantasia pode, é claro, ser levada ao excesso. Pode ser feita de modo errado. Pode ser posta a serviço de fins maus. Pode mesmo iludir as mentes das quais veio. Mas de que coisa humana neste mundo caído isso não é verdade? Os homens conceberam não apenas elfos, mas imaginaram deuses e os adoraram, adoraram mesmo aqueles mais deformados pelo próprio mal de seus autores. Mas eles fizeram falsos deuses com outros materiais: suas nações, suas bandeiras, seus dinheiros; até suas ciências e suas teorias sociais e econômicas já exigiram sacrifício humano. *Abusus non tollit usum.*[60] A Fantasia continua a ser um direito humano; criamos, na nossa medida e ao nosso modo derivativo, porque fomos criados; e não apenas criados, mas criados à imagem e semelhança de um Criador.

RECUPERAÇÃO, ESCAPE, CONSOLAÇÃO

Quanto à idade madura, seja pessoal ou pertencente aos tempos nos quais vivemos, pode ser verdade, como se supõe frequentemente, que ela imponha incapacidades (ver p. 47). Mas essa é, de modo geral, uma ideia produzida pelo mero *estudo* das estórias de fadas. O estudo analítico de tais estórias é uma

---

[60]"O abuso não impede o uso", ou seja, o fato de que algo possa ser usado inadequadamente não significa que não haja usos legítimos daquilo. [N. T.]

preparação tão ruim para a apreciação ou a escrita delas quanto seria o estudo histórico do drama de todas as terras e tempos para a apreciação ou escrita de peças para o palco. O estudo pode, de fato, tornar-se deprimente. É fácil para o estudante sentir que, com toda a sua labuta, está recolhendo só algumas folhas, muitas delas rasgadas e apodrecidas, da incontável folhagem da Árvore das Estórias, com as quais a Floresta dos Dias é atapetada. Parece vão aumentar o monte. Quem pode projetar uma nova folha? Os padrões, do broto à folha madura, e as cores, da primavera ao outono, foram todos descobertos pelos homens há muito tempo. Mas nada disso é verdade. A semente da árvore pode ser replantada em quase qualquer solo, mesmo em um tão oprimido pela fumaça (como dizia Lang) quanto o da Inglaterra. A primavera, é claro, não se torna realmente menos bela porque vimos ou ouvimos falar de outros eventos parecidos; eventos parecidos, mas nunca, do começo do mundo ao fim do mundo, o mesmo evento. Cada folha — de carvalho, freixo e espinheiro — é uma incorporação única do padrão e, para os olhos de alguém, este mesmo ano pode ser *a* incorporação, a primeira jamais vista e reconhecida, embora carvalhos tenham gerado folhas por incontáveis gerações de homens.

Ao desenhar, não nos desesperamos ou não precisamos nos desesperar, porque todas as linhas têm de ser retas ou curvas, nem ao pintar, porque há apenas três cores "primárias". Podemos, de fato, ser mais velhos agora, na medida em que somos herdeiros na apreciação ou na prática de muitas gerações de ancestrais nas artes. Na riqueza dessa herança, pode haver o perigo do tédio ou da ansiedade de ser original, e isso pode levar a um desprezo pelo desenho preciso, pelo padrão delicado e pelas cores "bonitas", ou então à mera manipulação e superelaboração de material antigo, hábil e sem coração. Mas a verdadeira rota de escape de tal cansaço não pode ser encontrada naquilo que é deliberadamente esquisito, tosco ou deformado, em tornar todas as coisas sombrias ou inescapavelmente violentas; nem na mistura de cores da sutileza ao desmazelo e na fantástica complicação de formas até o ponto da tolice e

SOBRE ESTÓRIAS DE FADAS

adiante, até o delírio. Antes de atingirmos tais estágios, precisamos da recuperação. Deveríamos olhar para o verde outra vez e ser assombrados de novo (mas não cegados) pelo azul, o amarelo e o vermelho. Deveríamos encontrar o centauro e o dragão e então, talvez subitamente, contemplar, como os antigos pastores, ovelhas, cães, cavalos — e lobos. Essa recuperação as estórias de fadas nos ajudam a fazer. Nesse sentido, apenas o gosto por elas pode nos tornar, ou nos manter, infantis.

A recuperação (que inclui o retorno e a renovação da saúde) é uma re-tomada — retomada de uma visão clara. Não digo que seria "ver as coisas como elas são" para não me envolver com os filósofos, embora eu pudesse arriscar dizer "ver as coisas como nós somos (ou fomos) destinados a vê-las" — como coisas separadas de nós mesmos. Precisamos, em todo o caso, limpar nossas janelas; de forma que as coisas vistas claramente possam ser libertadas do fosco borrão da banalidade ou da familiaridade — da possessividade. De todos os rostos, aqueles de nossos *familiares*[61] são os mais difíceis de usar como matéria-prima para truques fantásticos e os mais difíceis de realmente ver com atenção fresca, percebendo sua semelhança e dessemelhança: o fato de que eles são rostos e, contudo, rostos únicos. Essa banalidade é, na verdade, o preço da "apropriação": as coisas que são banais ou (num mau sentido) familiares são as coisas das quais nos apropriamos, legal ou mentalmente. Dizemos que as conhecemos. Elas se tornaram como as coisas que uma vez nos atraíram por seu brilho, ou sua cor, ou sua forma, e deitamos mão sobre elas e, então, as trancamos na nossa arca, adquirimos tais coisas e, ao adquiri-las, cessamos de olhar para elas.

Claro, as estórias de fadas não são o único meio de recuperação ou o único método profilático contra a perda. A humildade é suficiente. E há (especialmente para os humildes) a *Éfac-ed-Asac*,

---

[61]Tolkien está usando o termo em latim, que significa não só os membros da família, mas também as pessoas próximas e íntimas de alguém, de modo mais geral. Daí o itálico. [N. T.]

ou Fantasia Chestertoniana. *Éfac-ed-Asac* é uma palavra fantástica, mas podia ser lida em cada cidade desta terra. É a expressão Casa-de-café, vista de dentro, através de uma porta de vidro, como era vista por Dickens num dia escuro em Londres; e foi usada por Chesterton para denotar a esquisitice de coisas que se tornaram banais quando vistas repentinamente de um novo ângulo. Esse tipo de "fantasia" a maioria das pessoas concordará que é saudável o suficiente; e nunca fica sem matéria-prima. Mas ela tem, acho, apenas um poder limitado; pela razão de que uma recuperação do frescor da visão é sua única virtude. A palavra *Éfac-ed-Asac* pode levá-lo a repentinamente perceber que se está em uma terra completamente alienígena, perdida em alguma remota era passada vislumbrada pela história, ou em algum estranho futuro impreciso a ser alcançado apenas por uma máquina do tempo; a ver a impressionante estranheza de seus habitantes e de seus costumes e hábitos alimentares; mas não pode fazer mais do que isso: agir como um telescópio do tempo enfocando um ponto. A fantasia criativa, porque está principalmente tentando fazer algo mais (fazer algo novo), pode abrir sua arca e deixar que todas as coisas trancadas voem para longe, feito pássaros da gaiola. As joias todas se tornam flores ou chamas, e você será advertido de que tudo o que tinha (ou conhecia) era perigoso e potente, não efetivamente acorrentado, na verdade, livre e selvagem; não mais seu do que era você.

Os elementos "fantásticos" em verso e prosa de outros tipos, mesmo quando somente decorativos ou ocasionais, ajudam nessa liberação. Mas não tão diligentemente quanto uma estória de fadas, uma coisa construída sobre ou em torno da Fantasia, da qual a Fantasia é o centro. A Fantasia é feita do Mundo Primário, mas um bom artífice ama seu material e tem um conhecimento e uma intuição sobre o barro, da pedra e da madeira que só a arte de criar pode dar. Pela forja de Gram[62] o

---

[62]A espada do herói escandinavo Sigurd, já mencionado anteriormente no ensaio. [N. T.]

ferro frio foi revelado; pela criação de Pégaso os cavalos foram enobrecidos; nas Árvores do Sol e da Lua, raiz e tronco, flor e fruto, são manifestos em glória.

E, na verdade, as estórias de fada lidam largamente, ou (as melhores) principalmente, com coisas simples ou fundamentais, intocadas pela Fantasia, mas essas simplicidades são tornadas ainda mais luminosas por seu cenário. Pois o criador de estórias que se permite ser "livre com" a Natureza pode ser seu amante, não seu escravo. Foi nas estórias de fadas que eu primeiro adivinhei a potência das palavras e a maravilha de coisas tais como pedra, madeira e ferro; árvore e grama; casa e fogo; pão e vinho.

Concluirei agora considerando Escape e Consolação, que, por natureza, estão proximamente ligados. Embora estórias de fadas não sejam, é claro, de forma alguma o único meio de Escape, elas são hoje umas das mais óbvias e (para alguns) ultrajantes formas de literatura "escapista"; e é, assim, razoável anexar a uma consideração delas algumas considerações sobre esse termo "escape" na crítica em geral.

Afirmei que o Escape é uma das principais funções das estórias de fadas e, uma vez que não as desaprovo, está claro que não aceito o tom de escárnio e pena com o qual o termo "Escape" é agora tão frequentemente usado: um tom para o qual os usos da palavra fora da crítica literária não conferem garantia em absoluto. No que os maus usuários do termo gostam de chamar de Vida Real, o Escape é evidentemente, via de regra, muito prático e pode mesmo ser heroico. Na vida real, é difícil culpá-lo, a menos que fracasse; na crítica, ele parece ser pior quanto melhor se dá. Evidentemente estamos confrontados com um mau uso de palavras e também com uma confusão de pensamento. Por que dever-se-ia escarnecer de um homem se, achando-se na prisão, ele tenta sair e ir para casa? Ou se, quando ele não pode fazê-lo, pensa e fala de outros temas que não carcereiros e paredes de prisão? O mundo lá fora não se tornou menos real porque o prisioneiro não consegue vê-lo. Ao usar "escape" dessa maneira, os críticos escolheram a palavra errada e, além do mais, estão confundindo, nem sempre por erro sincero, o Escape do Prisioneiro com a Fuga do Desertor. Bem assim um porta-voz do Partido poderia ter rotulado de traição a partida da miséria do Reich do Führer, ou de qualquer outro Reich, ou mesmo a crítica contra ele. Da mesma maneira, esses críticos, para tornar a confusão pior e assim levar ao desprezo os seus oponentes, colam seu rótulo de escárnio não apenas na Deserção, mas no Escape real e no que frequentemente são seus companheiros: Desgosto, Raiva, Condenação e Revolta. Não apenas confundem o escape do prisioneiro com a fuga do desertor, mas parecem preferir a aquiescência do "colaboracionista" à resistência do patriota. Diante de tal pensamento, você só precisa dizer "a terra que você amou está condenada" para desculpar qualquer traição, de fato, para glorificá-la.

Por um insignificante exemplo: não mencionar (de fato, não alardear) lâmpadas elétricas de rua produzidas em massa no seu conto é Escape (nesse sentido). Mas é algo que pode vir, quase certamente vem, de uma aversão fundamentada a tão típico produto da Era Robô, que combina elaboração e engenhosidade de meios com feiura e (frequentemente) com inferioridade de resultado. Essas lâmpadas podem ser excluídas do conto simplesmente porque são más lâmpadas; e é possível que uma das lições a serem aprendidas da estória seja a percepção desse fato. Mas lá vem o porrete: "Lâmpadas elétricas vieram para ficar", dizem eles. Há muito tempo, Chesterton observou com acerto que, assim que ele ouvia que qualquer coisa "tinha vindo para ficar", sabia que, muito em breve, seria substituída — de fato, considerada miseravelmente obsoleta e desmazelada. "A marcha da Ciência, seu ritmo apressado pelas necessidades da guerra, segue inexoravelmente... tornando algumas coisas obsoletas e prenunciando novos desenvolvimentos na utilização da eletricidade", é o que diz uma propaganda. Tal anúncio diz a mesma coisa, mas de modo ainda mais ameaçador. A lâmpada elétrica de rua pode, de fato, ser ignorada simplesmente porque é tão insignificante e transitória. As estórias de fadas, de qualquer maneira, têm coisas muito mais permanentes e fundamentais das quais falar. Relâmpago, por exemplo. O escapista não é tão subserviente aos caprichos da moda evanescente quanto esses opositores. Ele não transforma coisas (as quais, racionalmente, ele pode muito bem considerar ruins) em seus mestres ou seus deuses adorando-as como inevitáveis, ou mesmo "inexoráveis". E seus oponentes, que tão facilmente o desprezam, não têm garantia alguma de que ele pare ali: ele pode estimular homens a arrancar as lâmpadas de rua. O Escapismo tem outra face ainda mais malvada: a Reação.

Não muito tempo atrás — por incrível que isso possa parecer — ouvi um lente de Oxenford[63] declarar que ele "acolhia" a proximidade de fábricas-robôs de produção em massa e o rugido do trânsito mecânico auto-obstrutivo, porque isso colocava sua universidade em "contato com a vida real". Ele poderia estar querendo dizer que a maneira como os homens estavam vivendo e trabalhando no século XX estava aumentando em barbárie num ritmo alarmante e que a demonstração barulhenta disso nas ruas de Oxford poderia servir como um aviso de que não é possível preservar, por muito tempo, um oásis de sanidade num deserto de desrazão com meras cercas, sem verdadeira ação ofensiva (prática e intelectual). Temo que ele não tenha dito isso. De qualquer modo, a expressão "vida real" nesse contexto parece ficar aquém dos padrões acadêmicos. A noção de que carros motorizados sejam mais "vivos" do que, digamos, centauros ou dragões é curiosa; a de que eles sejam mais reais do que, digamos, cavalos é pateticamente absurda. Quão real, quão impressionantemente viva é uma chaminé de fábrica comparada a um olmo: pobre coisa obsoleta, sonho insubstancial de um escapista!

De minha parte, não consigo me convencer de que o teto da estação Bletchley seja mais "real" que as nuvens. E, como um artefato, eu o acho menos inspirador que o legendário domo do céu. A ponte para a plataforma 4 é, para mim, menos interessante que Bifröst, guardada por Heimdall com o Gjallarhorn.[64] Da selvageria de meu coração eu não consigo excluir a questão de saber se os engenheiros ferroviários, se tivessem sido criados

---

[63]Jeito irônico e arcaizante de Tolkien se referir a seus colegas, os professores da Universidade de Oxford (Oxenford). [N. T.]

[64]A ponte do arco-íris da mitologia nórdica. [N. T.]

com mais fantasia, não poderiam ter feito melhor com todos os seus meios abundantes do que eles geralmente fazem. Estórias de fadas poderiam ser, acho, melhores Mestres em Artes do que o sujeito acadêmico a quem me referi.

Muito do que ele (devo supor) e outros (certamente) chamariam de literatura "séria" não é mais do que brincar debaixo de um teto de vidro ao lado de uma piscina municipal. Estórias de fadas podem inventar monstros que voam no ar ou habitam as profundezas, mas, pelo menos, elas não tentam escapar do céu ou do mar.

E se deixarmos de lado por um momento a "fantasia", não acho que o leitor ou criador de estórias de fadas precise mesmo se envergonhar do "escape" do arcaísmo: de preferir não dragões, mas cavalos, castelos, barcos a vela, arcos e flechas; não apenas elfos, mas cavaleiros e reis e sacerdotes. Pois é, afinal de contas, possível para um homem racional, depois de reflexão (bastante desligada da estória de fadas ou do romance), chegar à condenação, implícita pelo menos no mero silêncio da literatura "escapista", de coisas progressistas como fábricas ou as metralhadoras e bombas que parecem ser seus mais naturais e inevitáveis, ousaríamos dizer inexoráveis, produtos.

"A crueza e a feiura da vida europeia moderna" — aquela vida real cujo contato nós deveríamos acolher — "é o sinal de uma inferioridade biológica, de uma reação insuficiente ou falsa ao ambiente."[65] O mais louco castelo que jamais saiu da bolsa de um gigante numa estória gaélica selvagem é não apenas muito menos feio que uma fábrica robotizada; ele também

---

[65]Christopher Dawson, *Progresso e Religião*. Mais tarde, ele acrescenta: "A panóplia vitoriana completa de cartola e fraque indubitavelmente expressava algo essencial na cultura do século XIX e, por isso, com essa cultura, espalhou-se pelo mundo todo, como nenhuma outra moda de vestuário havia feito antes. É possível que nossos descendentes reconheçam nela uma espécie de sombria beleza assíria, adequado emblema da grande e impiedosa era que a criou; mas, seja lá como for, ela perde a beleza direta e inevitável que todo vestuário deveria ter, porque, como a cultura que a gerou, estava sem contato com a vida da natureza e com a natureza humana também". [N. A.]

é (para usar uma frase muito moderna), "num sentido muito real", um bocado mais real. Por que não deveríamos escapar disso ou condenar o absurdo "sombrio e assírio" das cartolas ou o horror morlockiano das fábricas? Eles são condenados até pelos autores daquela forma mais escapista em toda a literatura, as estórias de ficção científica. Esses profetas frequentemente predizem (e muitos parecem ansiar por) um mundo semelhante a uma grande estação de trem com teto de vidro. Mas deles, via de regra, é muito difícil arrancar o que os homens em tal cidade-mundo vão *fazer*. Eles podem abandonar a "panóplia vitoriana completa" em favor de trajes largos (com zíperes), mas usarão essa liberdade principalmente, parece, para brincar com brinquedos mecânicos no jogo facilmente entediante de se movimentar em alta velocidade. A julgar por algumas dessa estórias, eles ainda serão tão cheios de luxúria, vingativos e gananciosos como sempre; e os ideais de seus idealistas dificilmente irão além da esplêndida noção de construir mais cidades do mesmo tipo em outros planetas. É, de fato, uma era de "meios melhorados para fins deteriorados". É parte da moléstia essencial de tais dias — produzindo o desejo de escapar, não realmente da vida, mas da nossa presente época e autoimposta desgraça — que nós estejamos agudamente conscientes tanto da feiura de nossas obras como de seu mal. De forma que para nós o mal e a feiura parecem indissoluvelmente ligados. Achamos difícil conceber o mal e a beleza juntos. O medo da bela fada que perpassou as eras mais antigas quase escapa à nossa percepção. Em Feéria pode-se, de fato, conceber um ogro que possui um castelo horrendo como um pesadelo (pois o mal do ogro o quer assim), mas não se pode conceber uma casa construída com um bom propósito — uma estalagem, um albergue para viajantes, o salão de um rei virtuoso e nobre — que ainda assim seja repulsivamente feia. No momento presente, seria temerário esperar ver uma que não o fosse — a menos que tenha sido construída antes do nosso tempo.

Esse, entretanto, é o aspecto "escapista" moderno e especial (ou acidental) das estórias de fadas, que elas compartilham com romances e com outras estórias do ou sobre o passado. Muitas estórias sobre o passado só se tornaram "escapistas" em seu apelo por sobreviverem de uma época em que os homens estavam, via de regra, deliciados com a obra de suas mãos, até nosso tempo, quando muitos homens sentem desgosto a respeito de coisas feitas pelo homem.

Mas há também outros e mais profundos "escapismos" que sempre apareceram nos contos de fadas e na lenda. Há outras coisas mais sombrias e terríveis das quais fugir do que o barulho, o fedor, a crueldade e a extravagância do motor de combustão interna. Há fome, sede, pobreza, dor, tristeza, injustiça, morte. E, mesmo quando os homens não estão enfrentando coisas duras como essas, há antigas limitações para as quais as estórias de fadas oferecem um tipo de escape, e velhas ambições e desejos (tocando as próprias raízes da fantasia) para as quais elas oferecem uma espécie de satisfação e consolação. Algumas são fraquezas ou curiosidades perdoáveis: tais como o desejo de visitar, livre como um peixe, o mar profundo; ou o anseio pelo voo silencioso, gracioso, econômico de um pássaro, aquele anseio que o aeroplano frustra, exceto em raros momentos, visto no alto e por vento e pela distância silencioso, virando ao sol: isto é, precisamente quando imaginado, e não usado. Há desejos mais profundos: tais como o desejo de conversar com outras coisas vivas. Sobre esse desejo, tão antigo quanto a Queda, está largamente fundamentada a fala de animais e criaturas nos contos de fadas e especialmente a compreensão mágica de sua língua correta. Essa é a raiz de tais estórias, e não a "confusão" atribuída às mentes dos homens do passado não registrado, uma suposta "falta do senso de separação entre nós mesmos e os animais".[66] Um senso vívido dessa separação é muito antigo; mas também o senso de que foi um rompimento: um fado estranho e uma culpa jazem sobre nós. Outras criaturas são como outros reinos com os quais o Homem rompeu relações e vê agora, somente

---

[66]Ver "Nota G" no fim do texto (p. 86). [N. A.]

SOBRE ESTÓRIAS DE FADAS

de fora, a distância, estando em guerra com eles ou nos termos de um armistício desconfortável. Há uns poucos homens que têm o privilégio de viajar para fora um pouco; outros têm de ficar contentes com estórias de viajantes. Mesmo as que versam sobre sapos. Ao falar daquela estória de fadas bastante esquisita, mas bastante distribuída, *O Rei Sapo*, Max Müller perguntou de seu jeito direto: "Como é que tal estória jamais chegou a ser inventada? Os seres humanos, podemos esperar, foram em todas as épocas suficientemente educados para saber que um casamento entre um sapo e a filha de uma rainha era absurdo". De fato, podemos esperar que sim! Pois, se não fosse assim, não haveria propósito na estória de forma alguma, dependendo, como ela depende, essencialmente do senso de absurdo. Origens folclóricas (ou suposições sobre elas) estão aqui totalmente fora de lugar. É de pouca valia considerar o totemismo. Pois, certamente, quaisquer que sejam os costumes ou crenças sobre sapos e poços que existam por trás dessa estória, a forma de sapo foi preservada nessa estória de fadas[67] precisamente porque era tão esquisita, e o casamento, absurdo, de fato, abominável. Embora, é claro, nas versões que nos dizem respeito, gaélicas, alemãs e inglesas,[68] não haja realmente um casamento entre uma princesa e um sapo: o sapo era um príncipe encantado. E o propósito da estória não é achar que sapos são possíveis consortes, mas a necessidade de manter promessas (mesmo aquelas com consequências intoleráveis), algo que, junto com a observância de proibições, perpassa toda a Terra das Fadas. Essa é uma das notas das trompas da Terra dos Elfos, e não é uma nota difícil de ouvir.

E, finalmente, há o desejo mais antigo e mais profundo, o Grande Escape: o Escape da Morte. As estórias de fadas trazem muitos exemplos e modos disso — o que poderia ser chamado o

---

[67]Ou grupo de estórias similares. [N. A.]
[68]*A Rainha que buscou bebida num certo Poço e o Lorgann* (Campbell, xxiii); *Der Froschkönig; A Donzela e o Sapo.* [N. A.]

genuíno espírito escapista ou (eu diria) fugitivo. Mas o mesmo vale para outras estórias (notadamente aquelas de inspiração científica) e vale também para outros estudos. As estórias de fadas são feitas por homens, não por fadas. As estórias sobre humanos feitas pelos elfos estão, sem dúvida, repletas do tema do Escape da Imortalidade. Mas nem sempre se pode esperar que nossas estórias se elevem além do nosso nível comum. Elas frequentemente o fazem. Poucas lições são ensinadas mais claramente nelas do que o fardo desse tipo de imortalidade, ou melhor, vida continuada infinitamente, para o qual o "fugitivo" gostaria de fugir. Pois a estória de fadas é especialmente apta a ensinar tais coisas, outrora e ainda hoje. A morte é o tema que mais inspirou George MacDonald.

Mas a "consolação" das estórias de fadas tem outro aspecto além da satisfação imaginativa de desejos antigos. Muito mais importante é a Consolação do Final Feliz. Quase me aventuraria a afirmar que todas as estórias de fadas completas devem tê-lo. No mínimo, eu diria que a Tragédia é a verdadeira forma do Drama, sua mais alta função; mas o oposto é verdadeiro no caso da Estória de Fadas. Já que não parecemos possuir uma palavra que expresse esse oposto, eu o chamarei de *Eucatástrofe*. O conto *eucatastrófico* é a verdadeira forma do conto de fadas e sua mais alta função.

A consolação das estórias de fadas, a alegria do final feliz ou, mais corretamente, o da boa catástrofe, a repentina "virada" alegre (pois não há fim verdadeiro para nenhum conto de fadas);[69] essa alegria, que é uma das coisas que as estórias de fadas produzem supremamente bem, não é essencialmente "escapista", nem "fugitiva". Em seu ambiente de conto de fadas — ou de outro mundo —, ela é uma graça repentina e miraculosa: nunca se pode contar que ela se repita. Ela não nega a existência da *discatástrofe*, da tristeza e do fracasso: a possibilidade dessas coisas é necessária para a alegria da libertação; ela nega (diante

---

[69]Ver "Nota H" no fim do texto (p. 87). [N. A.]

de muitas evidências, se você quiser) a derrota final universal e, nesse ponto, é *evangelium*, dando um vislumbre fugidio da Alegria, a Alegria além das muralhas do mundo, pungente como a tristeza.

É a marca de uma boa estória de fadas, do tipo superior ou mais completo que, por mais selvagens que sejam seus eventos, por mais fantásticas ou terríveis que sejam as aventuras, ela consegue dar à criança ou ao homem que a ouve, quando a "virada" vem, um prender da respiração, um bater e soerguer do coração, próximo (ou mesmo acompanhado) das lágrimas, tão penetrante quanto o oferecido por qualquer forma de arte literária e possuidora de uma qualidade peculiar.

Mesmo as estórias de fadas modernas podem produzir esse efeito às vezes. Não é uma coisa fácil de fazer; depende da estória inteira que é o ambiente da virada e, contudo, reflete uma glória por trás dela. Um conto que em qualquer medida tenha sucesso nesse ponto não fracassou completamente, seja lá que falhas possua ou qualquer que seja a mistura ou confusão de propósito. Isso acontece até na estória de fadas do próprio Andrew Lang, *Prince Prigio*, insatisfatória de muitas maneiras como é. Quando "cada cavaleiro surgiu vivo e levantou sua espada e gritou 'longa vida ao Príncipe Prígio'", a alegria tem um pouco daquela qualidade estranha e mítica de estória de fadas, maior do que o evento descrito. Não haveria nada disso no conto de Lang se o evento descrito não fosse um trecho de "fantasia", de estória de fadas, mais sério que o corpo principal da estória, o qual é, em geral, mais frívolo, tendo o sorriso meio zombeteiro do *Conte* cortês e sofisticado.[70] Muito mais pode-

---

[70]Isso é característico do equilíbrio hesitante de Lang. Superficialmente, a história segue a linha do *conte* "cortesão" francês, com um toque satírico, e em especial algo que lembra *Rose and the Ring*, de Thackeray — um estilo que, sendo superficial, e mesmo frívolo, por natureza, não produz ou não almeja produzir nada tão profundo; mas sob tudo isso jaz o espírito mais fundamental do romântico Lang. [N. A.]

roso e pungente é o efeito num conto sério de Feéria.[71] Em tais estórias, quando a "virada" repentina vem, temos um vislumbre penetrante de alegria e de desejo do coração que, por um momento, passa por fora da moldura, rasga, de fato, a própria teia da estória e deixa um raio de luz atravessar.

> Por sete anos servi por ti,
> Cerros de vidro escalei por ti,
> Da roupa o sangue lavei por ti,
> Não vais acordar e se voltar para mim?

Ele ouviu e se voltou pra ela.[72]

EPÍLOGO

Essa "alegria" que eu selecionei como a marca da verdadeira estória de fadas (ou romance), ou como o selo que a encerra, merece mais consideração.

Provavelmente todo escritor criando um mundo secundário, uma fantasia, todo subcriador deseja, em alguma medida, ser um verdadeiro criador ou espera estar se inspirando na Realidade: espera que a qualidade peculiar desse mundo secundário (se não todos os detalhes)[73] seja derivado da Realidade ou esteja fluindo para ela. Se ele, de fato, consegue uma qualidade que possa razoavelmente ser descrita com a definição do dicionário, "consistência interna da realidade", é difícil conceber como isso possa acontecer, se a obra, de alguma forma, não partilhar da realidade. A qualidade peculiar da "alegria" na

---

[71]Do tipo que Lang chamava de "tradicional" e realmente preferia. [N. A.]

[72]*O Touro Negro de Norroway* [N. A.]; *Seven long years I served for thee, / The glassy bill I damb for thee, / The bluldy shirt I wrang for thee, / And wilt thou not wauken and rum to me? /* He heard and turned to her.

[73]Pois nem todos os detalhes podem ser "verdadeiros"; é raro que a "inspiração" seja tão forte e duradoura que seja capaz de fermentar toda a massa da estória e não deixe muita coisa, que é mera "invenção", não inspirada. [N. A.]

SOBRE ESTÓRIAS DE FADAS

Fantasia bem-sucedida pode, assim, ser explicada como um vislumbre repentino da realidade ou verdade subjacente. Não é somente uma "consolação" para a tristeza deste mundo, mas uma satisfação e uma resposta àquela questão, "É verdade?". A resposta a essa questão, que eu dei a princípio, foi (bastante acertadamente): "Se você construiu o seu pequeno mundo bem, sim, é verdade naquele mundo." Isso é suficiente para o artista (ou para a parte artista do artista). Mas na "eucatástrofe" vemos, numa breve visagem, que a resposta pode ser maior — pode ser um brilho ou eco distante do *evangelium* no mundo real. O uso dessa palavra dá algumas pistas sobre meu epílogo. É uma matéria séria e perigosa. É presunçoso de minha parte tocar em tal tema; mas, se por graça, o que eu disse tem em qualquer respeito alguma validade, isso é, claro, só uma faceta de uma verdade incalculavelmente rica: finita somente porque a capacidade do Homem para quem isso foi feito é finita.

Eu me aventuraria a dizer que, abordando a Estória Cristã por esse ângulo, sempre foi meu sentimento (um sentimento alegre) que Deus redimiu as criaturas criadoras corruptas, os homens, numa maneira adequada a esse aspecto, assim como a outros, de sua estranha natureza. Os Evangelhos contêm uma estória de fadas ou uma estória de um tipo maior que abraça toda a essência da estória de fadas. Eles contêm muitas maravilhas — peculiarmente artísticas,[74] belas e comoventes: míticas em sua significância perfeita e autocontida; e, entre as maravilhas, está a maior e mais completa eucatástrofe concebível. Mas essa estória adentrou a História e o mundo primário; o desejo e a aspiração da subcriação foram elevados à plenitude da Criação. O Nascimento de Cristo é a eucatástrofe da história do Homem. A Ressurreição é a eucatástrofe da estória da Encarnação. Essa estória começa e termina em alegria. Tem preeminentemente a "consistência interna da realidade". Não

---

[74]A Arte aqui está na estória em si, e não no contar; pois os evangelistas não são o Autor dessa estória. [N. A.]

há estória jamais contada que os homens tenham querido tanto que fosse verdadeira, e nenhuma que tantos homens céticos tenham aceitado como verdadeira em seus próprios termos. Pois a Arte dela tem o tom supremamente convincente da Arte Primária, isto é, da Criação. Rejeitá-la leva ou à tristeza ou à ira.

Não é difícil imaginar a empolgação e a alegria peculiares que alguém sentiria se alguma estória de fadas especialmente bela se mostrasse ser "primariamente" verdadeira, sua narrativa sendo história, sem, por meio disso, necessariamente perder a significância alegórica ou mítica que possuirá. Isso não é difícil, porque não se exige que se tente conceber qualquer coisa de uma qualidade desconhecida. A alegria teria exatamente a mesma qualidade, se não o mesmo grau, que a alegria a qual a "virada" numa estória de fadas proporciona; tal alegria tem o próprio sabor da verdade primária (de outra forma, o seu nome não seria alegria). Ela olha adiante (ou atrás: a direção nesse respeito é desimportante) para a Grande Eucatástrofe. A alegria cristã, a *Gloria*, é do mesmo tipo; mas é preeminentemente (infinitamente, se nossa capacidade não fosse finita) elevada e alegre. Porque essa estória é suprema; e é verdadeira. A arte foi verifeita. Deus é o Senhor, dos anjos e dos homens — e dos elfos. Lenda e História se encontraram e fundiram.

Mas, no reino de Deus, a presença do maior não oprime o pequeno. O Homem redimido ainda é homem. Estória e fantasia ainda continuam e devem continuar. O Evangelium não aboliu as lendas; ele as abençoou, especialmente o "final feliz". O cristão ainda tem de labutar, com mente e com corpo, para sofrer, esperar e morrer; mas ele pode agora perceber que todas as suas inclinações e faculdades têm um propósito que pode ser redimido. Tão grande é a mercê com a qual ele foi tratado que pode agora, talvez, com razão ousar achar que, na Fantasia, ele pode, na verdade, auxiliar a desfolha e o múltiplo enriquecimento da criação. Todas as estórias podem se tornar verdadeiras; e, contudo, no final, redimidas, elas podem ser tão semelhantes e dessemelhantes às formas que lhes demos quanto o Homem, finalmente redimido, será semelhante e dessemelhante à figura caída que conhecemos.

NOTAS

A (p. 28)

A própria raiz (não apenas o uso) de tais "maravilhas" é satírica, um arremedo de desrazão; e o elemento de "sonho" não é uma mera maquinaria de introdução e final, mas inerente à ação e às transições. Essas coisas as crianças podem perceber e apreciar, se não as incomodarem. Mas para muitos, como foi para mim, *Alice* é apresentada como uma estória de fadas e, enquanto esse mal-entendido dura, o desgosto pela maquinaria de sonho é sentido. Não há sugestão nenhuma de sonho em *O Vento nos Salgueiros*. "A Toupeira trabalhara duro a manhã toda, fazendo a limpeza de primavera em seu buraquinho." Assim o livro começa, e esse tom correto é mantido. É ainda mais surpreendente que A.A. Milne, tão grande admirador desse livro excelente, tenha anexado à sua versão dramatizada uma abertura "maluca" na qual se vê uma criança telefonando para um narciso. Ou talvez não seja muito surpreendente, pois um admirador perceptivo (ao contrário de um grande admirador) do livro nunca teria tentado dramatizá-lo. Naturalmente, apenas os ingredientes mais simples, a pantomima e os elementos satíricos de fábula de animais, são passíveis de apresentação nesse formato. A peça é, no nível inferior do drama, uma diversão toleravelmente boa, especialmente para aqueles que não leram o livro; mas algumas crianças que levei para ver *Toad of Toad Hall* carregaram consigo, como sua principal lembrança, a náusea diante da abertura. De resto, elas preferiam suas recordações do livro.

B (p. 44)

É claro que esses detalhes, via de regra, entraram nos contos, *mesmo nos dias em que eles eram práticas reais*, porque tinham um valor para contar a estória. Se eu fosse escrever uma estória na qual acontecia de um homem ser enforcado, isso *poderia* mostrar, em épocas posteriores, se a estória sobrevivesse — em si mesmo um sinal de que a estória possuía algum valor permanente, ou mais do que local ou temporário —, que ela foi escrita num período em que os homens eram realmente enforcados como uma prática legal. *Poderia*: a inferência não seria, é claro, certa naquele tempo futuro. Para a certeza sobre esse ponto, o investigador futuro teria de saber, definitivamente, quando o enforcamento era praticado e quando eu vivi. Eu poderia ter emprestado o incidente de outros tempos ou lugares; eu poderia tê-lo simplesmente inventado. Mas, mesmo se essa inferência acontecesse de estar correta, a cena de enforcamento só ocorreria na estória *a*) porque eu estava ciente da força dramática, trágica ou macabra desse incidente no meu conto; e *b*) porque aqueles que o passaram adiante sentiram essa força suficientemente para fazê-los manter o incidente. Distância no tempo, pura antiguidade e estranheza poderiam, mais tarde, afiar o gume da tragédia ou do horror; mas o gume precisa estar lá para que mesmo o amolador élfico da antiguidade o afie. A questão menos útil, portanto, para os críticos literários, pelo menos, a se perguntar ou responder sobre Ifigênia, filha de Agamêmnon, é: a lenda de seu sacrifício em Áulis vem de um tempo em que o sacrifício humano era comumente praticado?

Digo apenas, "via de regra", porque é concebível que o que agora é considerado como uma "estória" tenha sido antes algo diferente em intenção, por exemplo, um registro de fato ou ritual. Quero dizer "registro" estritamente. Uma estória inventada para explicar um ritual (um processo que, às vezes, se supõe ter frequentemente ocorrido) continua sendo principalmente uma estória. Toma forma como tal e sobreviverá (muito depois do ritual, evidentemente) apenas por causa de seus valores como estória. Em alguns casos, detalhes que agora são notáveis meramente porque são estranhos podem antes ter sido tão cotidianos e desconsiderados que foram incluídos casualmente: como mencionar que um homem "levantou seu chapéu", ou "pegou um trem". Mas tais detalhes casuais não sobreviverão muito tempo à mudança nos hábitos cotidianos. Não num período de transmissão oral. Num período em que existe escrita (e mudanças rápidas nos hábitos), uma estória pode permanecer inalterada por tempo suficiente para que até seus detalhes casuais adquiram valor de excentricidade ou estranheza. Muito

SOBRE ESTÓRIAS DE FADAS

do que Dickens escreveu agora tem esse ar. Pode-se abrir hoje uma edição de seus romances que foi comprada e lida pela primeira vez quando as coisas eram na vida cotidiana como o são na estória, embora esses detalhes cotidianos estejam agora tão distantes dos nossos hábitos diários quanto o período elisabetano. Mas essa é uma condição especial moderna. Os antropólogos e folcloristas não imaginam nenhuma condição desse tipo. Mas, se estão lidando com transmissão oral iletrada, então deveriam ainda mais refletir que, nesse caso, estão lidando com itens cujo objetivo principal era a construção da estória e cuja razão principal para sobreviver também era essa. O Rei Sapo (ver p. 74) não é um *Credo*, nem um manual de lei totêmica: é uma estória esquisita com uma moral clara.

C (p. 46)

Até onde o meu conhecimento vai, as crianças que têm uma inclinação precoce pela escrita não têm nenhuma inclinação especial para tentar a escrita de estórias de fadas, a menos que essa tenha sido quase a única forma de literatura apresentada a elas; e elas fracassam muito claramente quando tentam. Não é uma forma fácil. Se as crianças têm alguma inclinação especial, é pela fábula de animais, que os adultos frequentemente confundem com estória de fadas. As melhores estórias de crianças que eu vi foram ou "realistas" (em propósito), ou tinham como seus personagens animais e pássaros, que eram, no geral, os seres humanos zoomórficos usuais da fábula de animais. Imagino que essa forma seja adotada com tanta frequência principalmente porque permite uma larga medida de realismo: a representação de eventos e conversas domésticas que as crianças realmente conhecem. A forma em si é, entretanto, sugerida ou imposta por adultos. Ela tem uma preponderância na literatura, boa ou má, que é, hoje em dia, comumente apresentada a crianças pequenas; suponho que sintam que ela acompanha bem a "História Natural", livros semicientíficos que também são considerados um produto apropriado para os jovens. E é reforçada pelos ursos e coelhos que parecem, em tempos recentes, quase ter enxotado as bonecas humanas dos quartos de brinquedo das garotinhas. Crianças inventam sagas, frequentemente longas e elaboradas, sobre seus bonecos. Se eles têm forma de urso, ursos serão os personagens das sagas; mas eles falarão como pessoas.

D (p. 51)

Fui apresentado à zoologia e à paleontologia ("para crianças") quase tão cedo quanto a Feéria. Eu via figuras de bichos vivos e de verdadeiros (assim me era dito) animais pré-históricos. Eu gostava mais dos animais "pré-históricos": eles, pelo menos, tinham vivido havia muito tempo, e a hipótese (baseada em evidências um tanto tênues) não consegue evitar um lampejo de fantasia. Mas não gostava de ouvir que essas criaturas eram "dragões". Ainda sou capaz de re-sentir a irritação que sentia na infância com as afirmações de parentes instrutivos (ou dos livros que me davam de presente), tais como estas: "Flocos de neve são joias de fadas", ou "São mais bonitos que joias de fadas"; "As maravilhas das profundezas do oceano são mais maravilhosas que a terra das fadas". As crianças esperam que as diferenças que sentem, mas não conseguem analisar, sejam explicadas pelos mais velhos, ou ao menos reconhecidas, não ignoradas ou negadas. Eu estava agudamente atento à beleza das "Coisas reais", mas me parecia enganoso confundi-la com o assombro das "Outras coisas". Estava ansioso para estudar a Natureza, na verdade, mais ansioso do que estava para ler a maioria das estórias de fadas; mas não queria ser desviado para a Ciência e ludibriado para longe de Feéria por pessoas que pareciam assumir que, por algum tipo de pecado original, eu preferiria contos de fadas, mas, de acordo com algum tipo de nova religião, deveria ser induzido a gostar de ciência. A Natureza é, sem dúvida, um estudo para a vida toda, ou um estudo para a eternidade (para aqueles assim dotados); mas há uma parte do homem que não é "Natureza", e que, portanto, não é obrigada a estudá-la e fica, de fato, completamente insatisfeita com ela.

E (p. 58)

É, por exemplo, muito comum no surrealismo uma morbidez ou desassossego raramente encontrados na fantasia literária. Suspeita-se, com frequência, que a mente que produziu as imagens representadas já é, de fato, mórbida; mas isso não é uma explicação necessária em todos os casos. Um curioso distúrbio da mente é frequentemente desencadeado pelo próprio ato de desenhar coisas desse tipo, um estado similar, em qualidade e consciência da morbidez, às sensações numa febre alta, quando a mente desenvolve uma inquietante fecundidade e facilidade na criação de figuras, imaginando formas sinistras ou grotescas em todos os objetos visíveis em torno dela.

Estou falando aqui, é claro, da expressão primária da Fantasia em artes "pictóricas", não de ilustrações; nem do cinematógrafo. Por mais que sejam boas em si mesmas, ilustrações fazem pouco bem a estórias de fadas. A distinção radical entre toda arte (inclusive o drama) que oferece uma representação *visível* e a literatura verdadeira é que esse tipo de arte impõe uma única forma visível. A literatura funciona de mente a mente e é, assim, mais progenitiva. É, ao mesmo tempo, mais universal e mais pungentemente particular. Se fala de *pão* ou *vinho* ou *pedra* ou *árvore*, apela para o conjunto dessas coisas, para as ideias acerca delas; mas cada ouvinte conferirá a tais coisas uma incorporação peculiar e pessoal em sua imaginação. Se a estória precisasse dizer "Ele comeu pão", o produtor dramático ou o pintor só podem mostrar um "pedaço de pão" de acordo com seu gosto ou capricho, mas o ouvinte da estória pensará em pão no geral e o retratará de alguma forma própria dele. Se uma estória diz "Ele subiu uma colina e viu um rio no vale lá embaixo", o ilustrador pode capturar, ou quase capturar, sua própria visão de uma tal cena; mas cada ouvinte das palavras terá sua própria pintura, e ela será feita de todas as colinas e rios e vales que ele jamais viu, mas especialmente d'A Colina, d'O Rio, d'O Vale que foram, para ele, a primeira incorporação da palavra.

F (p. 60)

Estou me referindo, é claro, primariamente à fantasia com formas e traços visíveis. O Drama pode ser feito do impacto, sobre personagens humanos, de algum evento de Fantasia, ou Feéria, que não requeira nenhuma maquinaria, ou que se possa assumir ou relatar que tenha acontecido. Mas isso não é fantasia em seu resultado dramático; os personagens humanos dominam o palco, e sobre eles a atenção é concentrada. O Drama desse tipo (exemplificado por algumas das peças de Barrie)[75] pode ser usado frivolamente, ou pode ser usado para sátira, ou para passar as "mensagens" que o dramaturgo possa ter na sua mente — para os homens. O Drama é antropocêntrico. A estória de fadas e a fantasia não precisam ser. Há, por exemplo, muitas estórias contando como homens e mulheres desapareceram e passaram anos entre as fadas, sem notar a passagem do tempo, ou sem parecer ficarem mais velhos. *Mary Rose*, de Barrie, é uma peça sobre esse tema. Nenhuma fada é vista. Os seres humanos cruelmente atormentados estão lá o tempo todo. Apesar da estrela sentimental e das vozes angélicas no fim (na versão impressa), é uma peça dolorosa e pode facilmente se tornar diabólica: ao substituir (como eu vi fazerem) o chamado élfico por "vozes de anjo" no fim. As estórias de fadas não dramáticas, até onde dizem respeito às vítimas humanas, também podem ser patéticas ou horríveis. Mas não precisam ser. Na maioria delas, as fadas também estão lá, em termos de igualdade. Em algumas estórias, elas são o verdadeiro interesse. Muitos dos relatos folclóricos curtos de tais incidentes pretendem ser apenas fragmentos de "evidências" sobre as fadas, exemplos de um acúmulo secular de "saber" acerca delas e dos modos de sua existência. Os sofrimentos dos seres humanos que entram em contato com elas (com bastante frequência, voluntariamente) são, assim, vistos numa perspectiva bem diferente. Pode-se escrever uma peça sobre os sofrimentos de uma vítima da pesquisa em

---

[75]Sir James Matthew Barrie (1860–1937), criador de *Peter Pan*. [N. T.]

SOBRE ESTÓRIAS DE FADAS

radiologia, mas, dificilmente, sobre o próprio rádio. Mas é possível estar interessado principalmente em rádio (não em radiologistas) — ou interessado principalmente em Feéria, não em mortais torturados. Um interesse produzirá um livro científico, o outro, uma estória de fadas. O drama não consegue lidar bem com nenhum dos dois.

G (p. 73)

A falta desse senso de separação é uma mera hipótese acerca dos homens do passado perdido, seja lá de que confusões selvagens os homens de hoje, degradados ou iludidos, possam sofrer. É uma hipótese tão legítima quanto essa, e em maior concordância com o pouco que está registrado acerca dos pensamentos dos homens de outrora sobre esse assunto, que esse sentimento de separação era antes mais forte. Que as fantasias, que mesclavam a forma humana com formas vegetais ou animais ou que davam faculdades humanas às feras, sejam antigas não é, claro, evidência alguma de confusão. É, se significa algo, evidência do contrário. A fantasia não embaça os contornos claros do mundo real; pois depende deles. No que concerne ao mundo ocidental, europeu, esse "senso de separação" tem sido, de fato, atacado e enfraquecido não pela fantasia, mas pelas teorias científicas. Não por estórias de centauros, lobisomens ou ursos encantados, mas pelas hipóteses (ou suposições dogmáticas) dos autores científicos que classificaram o Homem não apenas como "um animal" — essa classificação correta é antiga —, mas como "apenas um animal". Tem havido uma consequente distorção de sentimento. O amor natural do homem, não totalmente corrupto pelos animais, e o desejo humano de "entrar debaixo da pele" das coisas vivas ficaram desgovernados. Agora temos homens que amam animais mais do que homens; que têm tanta pena de ovelhas que amaldiçoam pastores como se eles fossem lobos; que choram por um cavalo de guerra morto e vilificam soldados falecidos. É agora, não nos dias em que as estórias de fadas foram engendradas, que temos "uma falta do senso de separação".

H (p. 75)

O final verbal — normalmente considerado algo tão típico do fim das estórias de fadas quanto "era uma vez" é do começo — "e eles viveram felizes para sempre" é uma tática artificial. Não engana ninguém. Frases finais desse tipo devem ser comparadas às margens e molduras de pinturas e não devem ser pensadas como o final verdadeiro de qualquer fragmento particular da inconsútil Teia da Estória, mais do que a moldura é o final da cena visionária, ou um estojo abrange o Mundo Exterior. Essas frases podem ser despojadas ou elaboradas, simples ou extravagantes, tão artificiais e tão necessárias quanto molduras despojadas, ou esculpidas ou douradas. "E, se eles não foram embora, estão lá ainda." "Minha estória acabou — vê, ali está um ratinho; quem quer que o pegue pode fazer para si um gorro fino de pelo com ele." "E eles viveram felizes para sempre." "E, quando o casamento acabou, eles me mandaram para casa com sapatinhos de papel sobre uma rampa de pedaços de vidro."

Finais dessa sorte são adequados a estórias de fadas, porque tais contos têm um sentido e uma percepção maiores da infinitude do Mundo da Estória do que a maioria das modernas estórias "realistas", já apertadas dentro dos confins estreitos de seu próprio tempo pequeno. Um corte brusco na tapeçaria sem-fim é marcado, de forma não inadequada, por uma fórmula, mesmo que grotesca ou cômica. Foi um desenvolvimento irresistível da ilustração moderna (tão largamente fotográfica) que as bordas fossem abandonadas, e a "pintura" terminasse apenas com o papel. Esse método pode ser adequado para fotografias; mas é de todo inapropriado para as pinturas que ilustram ou são inspiradas por estórias de fadas. Uma floresta encantada requer uma margem, até mesmo uma borda elaborada. Imprimi-la no mesmo espaço da página, como uma "tomada" das Montanhas Rochosas na revista *Picture Post*, como se fosse, de fato, um "instantâneo" da terra das fadas ou um "rascunho de nosso artista no local" é uma insensatez e um abuso.

Quanto aos inícios das estórias de fadas, dificilmente pode-se melhorar a fórmula *Era uma vez*. Ela tem um efeito imediato.

SOBRE ESTÓRIAS DE FADAS

Esse efeito pode ser apreciado quando se lê, por exemplo, a estória de fadas "A Cabeça Terrível" no *O Fabuloso Livro Azul*. É a adaptação, feita pelo próprio Andrew Lang, da estória de Perseu e da Górgona. Começa com "Era uma vez" e não cita o nome de qualquer época, terra ou pessoa. Ora, esse tratamento faz algo que poderia ser chamado de "transformar mitologia em estória de fadas". Eu preferiria dizer que ele transforma uma estória de fadas elevada (pois esse é o estilo do conto grego) numa forma particular que é, no presente, familiar na nossa terra: uma forma de berçário ou de "velhas amas". A falta de nomes não é uma virtude, mas um acidente, e não deveria ter sido imitada; pois a vagueza, nesse respeito, é uma degradação, uma corrupção devida ao esquecimento e à falta de perícia. Mas o mesmo não vale, acho, para a atemporalidade. Esse começo não é acometido pela pobreza, mas significativo. Ele produz, de um golpe, a sensação de um grande mundo não mapeado de tempo.

MITOPEIA

MITOPEIA

A alguém que disse que mitos eram mentiras e, portanto, inúteis, ainda que "inspirados através da prata".

FILOMITO A MISOMITO

Você vê árvores, e as chama assim,
("árv'res" são "árv'res" e crescem, enfim);
palmilha a terra e com solene passo
pisa um dos globos menores do Espaço:
5   'Strelas são 'strelas, matéria em bola
que em matemático trajeto rola:
regimentado, gélido Vazio
de átomos morrendo a sangue frio.

Por uma Vontade, à qual nos dobramos
mas que nós só de longe captamos,
10   grandes processos o Tempo completa
de início escuro a incerta meta;
e em página reescrita sem pista,
de letra e margem vária já revista,
eis multidão de formas infindáveis,
15   sombrias, belas, bizarras ou frágeis,
cada qual diversa, mas num só rol
de germe, inseto, homem, pedra e sol.
Deus fez pétreas rochas, arbóreas árvores,
terra térrea, estrelas estelares,
20   e os homens humanos, que andam no chão
e a quem luz e som causam comichão.
O remexer do mar, vento nos galhos,
desenxabidas vacas nos atalhos,
trovão e raio, aves a cantar,
25   limo escorrendo a viver e murchar,
cada qual é registrado e impresso
nas contorções do cérebro em recesso.

Mas "árv'res" só são "árv'res" nomeadas –
e só o foram quando captadas
30   por quem abriu o hálito da fala,
eco do mundo numa escura sala,
mas nem registro nem fotografia,

PHILOMYTHUS TO MISOMYTHUS

You look at trees and label them just so,
(for trees are 'trees', and growing is 'to grow');
you walk the earth and tread with solemn pace
one of the many minor globes of Space:
5   *a star's a star, some matter in a ball*
compelled to courses mathematical
amid the regimented, cold, Inane,
where destined atoms are each moment slain.

At bidding of a Will, to which we bend
(and must), but only dimly apprehend,
10   *great processes march on, as Time unrolls*
from dark beginnings to uncertain goals;
and as on page o' erwritten without due,
with script and limning parked of various hue,
an endless multitude of forms appear,
15   *some grim, some frail, some beautiful, some queer,*
each alien, except as kin from one
remote Origo, gnat, man, stone, and sun.
God made the petreous rocks, the arboreal trees,
tellurian earth, and stellar stars, and these
20   *homuncular men, who walk upon the ground*
with nerves that tingle touched by light and sound.
The movements of the sea, the wind in boughs,
green grass, the large slow oddity of cows,
thunder and lightning, birds that wheel and cry,
25   *slime crawling up from mud to live and die,*
these each are duly registered and print
the brain's contortions with a separate dint.

Yet trees are not 'trees', until so named and seen —
and never were so named, till those had been
30   *who speech's involuted breath unfurled,*
faint echo and dim picture of the world,
but neither record nor a photograph,

sendo risada, juízo e profecia,
resposta dos que então sentiram dentro
35 profundo movimento cujo centro
é o existir de planta, fera, estrela:
cativos que grade serram sem vê-la,
cavando o sabido da experiência,
abrindo o espírito sem consciência.
40 Grande poder de si mesmos criaram,
e atrás de si os elfos contemplaram
que na forja sagaz d'alma andavam,
luz e treva em teia oculta bordavam.

*****

Não vê estrelas quem não as vê primeiro
45 qual prata viva explodindo em chuveiro:
chama florida sob canção antiga
cujo eco mesmo de longa cantiga
o perseguiu. Não há um firmamento,
só vazio, se não tenda, paramento
50 por elfos desenhado; não há terra,
se não ventre de mãe que a vida encerra.

Mentiras não compõem o peito humano,
que do único Sábio tira o seu plano,
e o recorda. Inda que alienado,
55 algo não se perdeu nem foi mudado.
Des-graçado está, mas não destronado,
trapos da nobreza em que foi trajado,
domínio do mundo por criação:
O deus Artefato não é seu quinhão,
60 homem, sub criador, luz refratada
em quem matiz Branca é despedaçada
para muitos tons, e recombinada,
forma viva mente a mente passada.
Se todas as cavas do mundo enchemos
65 com elfos e gobelins, se fizemos
deuses com casas de treva e de luz,

being divination, judgement, and a laugh,
response of those that felt astir within
35 *by deep monition movements that were kin*
to life and death of trees, of beasts, of stars:
free captives undermining shadowy bars,
digging the foreknown from experience
and panning the vein of spirit out of sense.
40 *Great powers they slowly brought out of themselves,*
and looking backward they beheld the elves
that wrought on cunning forges in the mind,
and light and dark on secret looms entwined.

*****

He sees no stars who does not see them first
45 *of living silver made that sudden burst*
to flame like flowers beneath an ancient song,
whose very echo after-music long
has since pursued. There is no firmament,
only a void, unless a jewelled tent
50 *myth-woven and elf-patterned; and no earth,*
unless the mother's womb whence all have birth.

The heart of man is not compound of lies,
but draws some wisdom from the only Wise,
and still recalls him. Though now long estranged,
55 *man is not wholly lost nor wholly changed.*
Dis-graced he may be, yet is not dethroned,
and keeps the rags of lordship once he owned,
his world-dominion by creative act:
not his to worship the great Artefact,
60 *man, sub-creator, the refracted light*
through whom is splintered from a single White
to many hues, and endlessly combined
in living shapes that move from mind to mind.
Though all the crannies of the world we filled
65 *with elves and goblins, though we dared to build*
gods and their houses out of dark and light,

se plantamos dragões, a nós conduz
um direito. E não foi revogado.
Criamos tal como fomos criados.

70   Sim! Sonhos tecemos para enganar
os corações e o Fato derrotar!
De onde o desejo e o poder para sonhar,
e as coisas belas ou feias julgar?
Querer não é inútil, nem calor
75   procuramos em vão – pois dor é dor,
não de ser desejada, mas perversa;
ou ceder a uma vontade adversa
ou resistir seria igual. E o Mal,
desse apenas isto é certo: É o Mal.

80   Bendito o tímido que o mal odeia,
treme na sombra, e o portão cerceia;
que não quer trégua, e em seu solar,
mesmo pequeno, num velho tear
tece pano dourado à luz do dia
85   sonhado por quem na Sombra porfia.

Benditos os que de Noé descendem
e com suas arcas frágeis o mar fendem,
sob ventos contrários buscando sé,
rumor de um porto indicado por fé.

90   Benditos os que em rima fazem lenda
ao tempo não gravado dando emenda.
Não foram eles que a Noite esqueceram,
ou deleite organizado teceram,
ilhas de lótus, um céu financeiro,
95   perdendo a alma em beijo feiticeiro
(e, ademais, falsário, pré-produzido,
falaz sedução do já-seduzido).

Tais ilhas veem ao longe, e outras mais belas,
e os que os ouvem podem girar as velas.

and sow the seed of dragons, 'twas our right
(used or misused). The right has not decayed.
We make still by the law in which we're made.

70   Yes! 'wish-fulfilment dreams' we spin to cheat
our timid hearts and ugly Fact defeat!
Whence carne the wish, and whence the power to dream,
or some things fair and others ugly deem?
All wishes are nor idle, nor in vain
75   fulfilment we devise - for pain is pain,
not for itself to be desired, but ill;
or else to strive or to subdue the will
alike were graceless; and of Evil this
alone is dreadly certain: Evil is.

80   Blessed are the timid hearts that evil hate,
that quail in its shadow, and yet shut the gate;
that seek no parley, and in guarded room,
though small and bare, upon a clumsy loom
weave tissues gilded by the fur-off day
85   hoped and believed in under Shadow's sway.

Blessed are the men of Noah's race that build
their little arks, though frail and poorly filled,
and steer through winds contrary towards a wraith,
a tumour of a harbour guessed by faith.

90   Blessed are the legend-makers with their rhyme
of things not found within recorded rime.
It is not they that have forgot the Night,
or bid us flee to organized delight,
in lotus-isles of economic bliss
95   forswearing souls ro gain a Circe-kiss
(and counterfeit at that, machine-produced,
bogus seduction of the twice-seduced).

Such isles they saw afar, and ones more fair,
and those that hear them yet may yet beware.

100 Viram a Morte e a derrota final,
sem em desespero fugir do mal,
mas à vitória viraram a lira,
seus corações qual legendária pira,
iluminando o Agora e o Que-Tem-Sido
105 com brilho de sóis por ninguém vivido.

Quisera com os menestréis cantar,
com minha harpa o não visto tocar.
Quisera navegar com os marinheiros
sobre tábuas em montes altaneiros
110 e viajar numa vaga demanda,
que alguns ao fabuloso Oeste manda.
Quisera entre os tolos ser sitiado,
que em remoto forte, de ouro guardado,
impuro e escasso, recriam leais
115 imagem tênue de pendões reais,
ou em bandeiras tecem o brasão
fulgurante de não visto varão.

Não seguirei seus símios progressivos,
eretos e sapientes. Caem vivos
120 nesse abismo ao qual seu progresso tende —
se por Deus o progresso um dia se emende
e não sem cessar revolva o batido
curso sem fruto com outro apelido.
Não trilharei sua rota sem vacilo,
125 que a isto e aquilo chama isto e aquilo,
mundo imutável onde não tem parte
criadorzinho ou de criar a arte.
Eu não me curvo à Coroa de Ferro,
nem meu cetrozinho dourado enterro.

*****

130 No Paraíso pode o olho vagar
do Dia imorredouro contemplar,
a ver o que ele ilumina, e nova

100 *They have seen Death and ultimate defeat,*
and yet they would nor in despair retreat,
but oft to victory have turned the lyre
and kindled hearts with legendary fire,
illuminating Now and dark Hath-been
105 *with light of suns as yet by no man seen.*

I would that I might with the minstrels sing
and stir the unseen with a throbbing string.
I would be with the mariners of the deep
that cut their slender planks on mountains steep
110 *and voyage upon a vague and wandering quest,*
for some have passed beyond the fubled West.
I would with the beleaguered fools be told,
that keep an inner fastness where their gold,
impure and scanry, yet they loyally bring
115 *to mint in image blurred of distant king,*
or in fantastic banners weave the sheen
heraldic emblems of a lord unseen.

I will not walk with your progressive apes,
erect and sapient. Before them gapes
120 *the dark abyss to which their progress tends —*
if by God's mercy progress ever ends,
and does not ceaselessly revolve the same
unfruitful course with changing of a name.
I will not tread your dusty path and Bat,
125 *denoting this and that by this and that,*
your world immutable wherein no part
the little maker has with maker's art.
I bow not yet before the Iron Crown,
nor cast my own small golden sceptre down.

*****

130 *In Paradise perchance the eye may stray*
from gazing upon everlasting Day
to see the day-illumined, and renew

Verdade ter com essa vera prova.
Olhando a Terra Bendita verá
135 que tudo é como é, e livre será:
A Salvação não muda, nem destrói,
jardim, criança ou brinquedo corrói.
Mal não verá, pois ele deve estar
não no que Deus fez, mas no erro do olhar,
140 não na fonte, mas em escolha errada,
e não no som, mas na voz quebrantada.
O Paraíso a confusão desfaz;
pois se inda criam, já não mentem mais.
Criarão, não estão mortos, é certo,
145 poetas com halo de chamas perto,
e harpas que sem falta tocarão:
do Todo cada um terá quinhão.

from mirrored truth the likeness of the True.
Then looking on the Blessed Land 'twill see
135 *that all is as it is, and yet made free:*
Salvation changes not, nor yet destroys,
garden nor gardener, children nor their toys.
Evil it will not see, for evil lies
not in God's picture but in crooked eyes,
140 *not in the source but in malicious choice,*
and not in sound but in the tuneless voice.
In Paradise they look no more awry;
and though they make anew, they make no lie.
Be sure they still will make, not being dead,
145 *and poets shall have flames upon their head,*
and harps whereon their faultless fingers fall:
there each shall choose for ever from the All.

FOLHA
DE CISCO

Folha de Cisco

Era uma vez um homenzinho chamado Cisco, que tinha uma longa viagem a fazer. Não queria ir — na verdade, a ideia de viajar lhe era de todo desagradável —, mas não conseguia se livrar daquilo. Sabia que teria de partir algum dia, mas não se apressava com seus preparativos.

Cisco era pintor. Não muito bem-sucedido, em parte porque tinha muitas outras coisas a fazer. A maioria dessas coisas ele achava um incômodo; mas as fazia razoavelmente bem quando não conseguia se livrar delas: o que (na sua opinião) era frequente até demais. As leis no seu país eram bem severas. Havia outros obstáculos também. Por um lado, às vezes, ele era apenas ocioso e não fazia nada mesmo. Por outro, tinha coração bom, de certa maneira. Você conhece aquele tipo de coração bom: levava-o a se sentir desconfortável mais do que o levava a fazer alguma coisa; e, mesmo quando fazia alguma coisa, não o impedia de resmungar, perder a paciência e xingar (mais para si mesmo). Mesmo assim, aquilo fazia com que lhe caísse no colo uma bela quantidade de tarefas de seu vizinho, sr. Paróquia,[1]

---

[1] O nome do personagem é uma brincadeira linguística de Tolkien. Tanto o sobrenome em inglês, *Parish*, quanto sua tradução literal em português, Paróquia, vêm do grego *pároikos* — "o que mora ao lado". Originalmente, o termo também tinha o sentido de "forasteiro que vive perto". Ou seja, no fundo, o nome do vizinho é… Vizinho! [N. T.]

FOLHA DE CISCO

um homem que mancava de uma perna. Ocasionalmente ele ajudava até outras pessoas de mais longe, se viessem e lhe pedissem auxílio. Além disso, de vez em quando, ele se lembrava de sua viagem e começava a empacotar algumas coisas de um jeito ineficiente: nessas horas, não pintava muito.

Estava trabalhando em algumas pinturas; a maioria delas era grande e ambiciosa demais para o seu talento. Era o tipo de pintor que consegue pintar folhas melhor do que árvores. Costumava gastar muito tempo numa única folha, tentando capturar a sua forma, o seu brilho e o cintilar das gotas de orvalho nas suas bordas. Contudo, queria pintar uma árvore inteira, com todas as suas folhas no mesmo estilo e todas elas diferentes.

Havia uma pintura em particular que o incomodava. Tinha começado com uma folha levada pelo vento e se tornou uma árvore; e a árvore cresceu, esticando galhos inumeráveis e lançando as mais fantásticas raízes. Pássaros estranhos vieram e se instalaram nos ramos e tiveram de receber atenção. Então, à volta de toda a árvore e atrás dela, através das aberturas entre as folhas e frondes, um país começou a se revelar; e havia vislumbres de uma floresta marchando sobre a terra e de montanhas encimadas de neve. Cisco perdeu o interesse em suas outras pinturas; ou então as tomou e pregou nas bordas de sua grande pintura. Logo a tela se tornou tão grande que ele tinha de usar uma escada; e ia de alto a baixo dela, dando um retoque aqui e apagando um pedaço ali. Quando as pessoas vinham chamá-lo, parecia educado o suficiente, embora dedilhasse um pouco os lápis de sua escrivaninha. Escutava o que diziam, mas, no fundo, estava pensando o tempo todo em sua grande tela, no galpão alto que tinha construído para ela em seu jardim (num canteiro onde antes ele tinha plantado batatas).

Não conseguia se livrar de seu coração mole. "Gostaria de ter gênio mais forte!", dizia, às vezes, para si mesmo, querendo dizer que gostaria que os problemas de outras pessoas não o fizessem se sentir desconfortável. Mas por muito tempo ele não foi seriamente perturbado. "De qualquer jeito, vou terminar esta pintura, minha verdadeira pintura, antes que eu tenha de fazer aquela viagem desgraçada", costumava dizer. Contudo, estava começando a perceber que não conseguiria adiar sua partida indefinidamente. A pintura teria de parar de só crescer e ser terminada.

Um dia, Cisco ficou de pé a uma distância curta de sua pintura e a considerou com atenção e distanciamento incomuns. Não conseguia se decidir sobre o que achava dela e queria ter algum amigo que pudesse lhe dizer o que pensar. Na verdade, ela lhe parecia completamente insatisfatória e, contudo, tão adorável, a única pintura realmente bela no mundo. O que ele desejava naquele momento seria ver a si mesmo entrar, dar-se um tapa nas costas e dizer (com sinceridade óbvia): "Absolutamente magnífico! Vejo exatamente aonde você está chegando. Continue fazendo isso e não se incomode com mais nada! Vamos lhe arranjar uma pensão pública para que você não precise se preocupar."

Entretanto, não havia pensão pública. E uma coisa ele conseguia perceber: seria preciso alguma concentração, algum *trabalho*, trabalho duro ininterrupto, para terminar a pintura, mesmo que no seu tamanho atual. Ele arregaçou as mangas e começou a se concentrar. Tentou por vários dias não se incomodar com outras coisas. Mas veio uma colheita tremenda de interrupções. Coisas quebraram na sua casa; ele teve de ir participar de um júri na cidade; um amigo distante caiu doente; o sr. Paróquia ficou de cama com lumbago; e os visitantes continuavam a vir. Era primavera, e eles queriam chá de graça no campo: Cisco vivia numa casinha agradável, a milhas da cidade. Ele os amaldiçoou em seu coração, mas não podia negar que ele mesmo os tinha convidado, no inverno, quando não considerava uma "interrupção" visitar as lojas e tomar chá com conhecidos na cidade. Tentou endurecer seu coração; mas não foi um sucesso. Havia muitas coisas para as quais ele não tinha cara de dizer *não*, considerando-as deveres ou não; e havia algumas coisas que era obrigado a fazer, seja lá o que pensasse. Alguns de seus visitantes insinuaram que seu jardim estava bastante negligenciado e que ele poderia receber a visita de um Inspetor. Muito poucos deles sabiam de sua pintura, é claro; mas, se soubessem, não teria feito muita diferença. Duvido que teriam achado que importasse muito. Ouso dizer que não era realmente uma pintura muito boa, embora pudesse ter algumas boas passagens. A Árvore, de qualquer jeito, era curiosa. Bem única a seu modo. Assim como era Cisco; embora ele também fosse um homenzinho muito comum e bastante bobo.

No fim, o tempo de Cisco se tornou realmente precioso. Seus conhecidos na cidade distante começaram a lembrar que o homenzinho tinha de fazer uma viagem complicada, e alguns começaram a calcular por quanto tempo, no máximo, ele conseguiria adiar a partida. Imaginaram quem tomaria sua casa e se o jardim seria mais bem cuidado.

O outono chegou, muito úmido e ventoso. O pintorzinho estava em seu galpão. Estava no alto da escada, tentando capturar o brilho do sol poente no pico de uma montanha nevada que ele tinha vislumbrado exatamente à esquerda da ponta folhosa de um dos galhos da Árvore. Sabia que teria de partir logo: talvez no começo do ano seguinte. Era o tempo exato de ele terminar a pintura e, ainda assim, só mais ou menos, se tanto: havia alguns cantos dela nos quais agora não teria tempo de fazer mais do que esboçar o que queria.

Veio uma batida na porta. "Entre!", disse bruscamente, e desceu a escada. Ficou de pé no chão girando seu pincel. Era seu vizinho, Paróquia, seu único vizinho verdadeiro; todas as outras pessoas viviam bem longe. Ainda assim, não gostava muito do sujeito: em parte porque ele estava com tanta frequência em apuros e precisando de ajuda; e também porque não ligava para pintura, mas era muito crítico em relação a jardinagem. Quando Paróquia olhava para o jardim de Cisco (o que era frequente), via principalmente ervas daninhas; e, quando olhava para as pinturas de Cisco (o que era raro), via somente manchas verdes e cinzentas e linhas pretas, que lhe pareciam sem sentido. Não se importava em mencionar as ervas (um dever de vizinho), mas evitava dar qualquer opinião sobre as pinturas. Achava que isso era muito gentil, e não percebia que, mesmo se fosse gentil, não era gentil o suficiente. Ajuda com as ervas daninhas (e talvez elogios para as pinturas) teria sido melhor.

"Bem, Paróquia, o que é?", disse Cisco.

"Não devia interrompê-lo, eu sei", respondeu Paróquia (sem um olhar para a pintura). "Você está muito ocupado, com certeza."

Cisco queria ter dito a ele mesmo algo do tipo, mas tinha perdido a oportunidade. Tudo o que disse foi: "Sim."

"Mas não tenho mais ninguém a quem recorrer", comentou Paróquia.

"Pois é", disse Cisco com um suspiro: um daqueles suspiros que são um comentário particular, mas que não são exatamente inaudíveis. "O que posso fazer por você?"

"Minha mulher anda doente faz alguns dias, e estou ficando preocupado", respondeu Paróquia. "E o vento arrancou metade das telhas do meu telhado, e a água está caindo dentro do quarto. Acho que devo chamar o médico. E os construtores também, só que eles levam tanto tempo para vir. Estava pensando se você não teria alguma madeira e tela que pudesse emprestar, só para me tapar o buraco e me ajudar a aguentar mais um dia ou dois." Dessa vez ele olhou para a pintura.

"Nossa, nossa!", exclamou Cisco. "Você *é* azarado. Espero que sua mulher não tenha mais que um resfriado. Vou até lá agora e o ajudo a trazer a paciente para o andar debaixo."

"Muito obrigado", disse Paróquia, em tom bastante frio. "Mas não é um resfriado, é uma febre. Eu não teria incomodado você por causa de um resfriado. E minha mulher já está de cama no andar debaixo. Não consigo ficar subindo e descendo com bandejas, não com a minha perna. Mas vejo que está ocupado. Desculpe tê-lo incomodado. Eu bem que esperava que você pudesse ter tempo de ir chamar o médico, vendo como eu estou enrolado; e o construtor também, se realmente não tem tela para emprestar."

"Claro", assentiu Cisco; embora outras palavras estivessem em seu coração, que no momento estava meramente mole, sem se sentir bom de jeito nenhum. "Eu poderia ir. Eu vou, se você realmente está preocupado."

"Estou preocupado, muito preocupado. Queria não ser manco", disse Paróquia.

Assim, Cisco foi. Veja você, era complicado. Paróquia era seu vizinho, todos os outros moravam muito longe. Cisco tinha uma bicicleta, e Paróquia não tinha e não podia usar uma. Paróquia tinha uma perna manca, uma perna manca genuína que lhe dava um bocado de dor, isso tinha de ser lembrado, assim como sua expressão azeda e voz queixosa. Claro, Cisco tinha uma pintura e pouquíssimo tempo para terminá-la. Mas parecia que essa era uma coisa que Paróquia tinha de levar em conta, e não Cisco. Paróquia, entretanto, não levava pinturas em conta; e Cisco não podia mudar isso. "Maldição!", disse a si mesmo enquanto pegava sua bicicleta.

O tempo estava úmido e ventoso, e a luz do dia estava acabando. "Nada mais de trabalho para mim por hoje!", pensou Cisco e, durante todo o tempo em que pedalava, ficava xingando consigo mesmo ou imaginando as passadas de seu pincel na montanha e a ramada de folhas ao lado dela, que ele tinha imaginado, pela primeira vez, na primavera. Seus dedos se contorciam no guidão. Agora que estava fora do galpão, sabia exatamente de que maneira tratar aquela ramada brilhante que enquadrava a visão distante das montanhas. Mas tinha um sentimento de desânimo no coração, uma espécie de medo de que agora nunca teria uma chance de tentar.

Cisco achou o médico e deixou um recado para o construtor. O escritório estava trancado, e o construtor tinha ido para casa e para sua lareira. Cisco ficou todo ensopado e pegou ele próprio uma gripe. O médico não partiu tão prontamente quanto Cisco. Chegou no dia seguinte, o que era bem conveniente para ele, já que então tinha dois pacientes para tratar, em casas vizinhas. Cisco estava de cama, com febre alta e padrões maravilhosos de folhas e galhos entrelaçados se formando na sua cabeça e no teto. Não o confortou saber que a sra. Paróquia tivera apenas um resfriado e estava melhorando. Ele virou o rosto para a parede e se enterrou em folhas.

Continuou de cama por algum tempo. O vento continuou a soprar. Arrancou outro bom bocado das telhas de Paróquia, e algumas das de Cisco também: seu próprio telhado começou a gotejar. O construtor não veio. Cisco não se importou; não por um ou dois dias. Então se arrastou para procurar alguma comida (Cisco não tinha mulher). Paróquia não apareceu: a chuva tinha ensopado sua perna e a feito doer; e sua mulher estava ocupada secando a água e imaginando se "aquele sr. Cisco" tinha esquecido de chamar o construtor. Se ela tivesse visto qualquer oportunidade de pedir emprestado algo útil, teria mandado Paróquia, com ou sem perna; mas não o fez, e Cisco foi deixado em paz.

No fim de mais ou menos uma semana, Cisco cambaleou para o seu galpão de novo. Tentou subir a escada, mas isso fez sua cabeça girar. Sentou-se e olhou para a pintura, mas não havia padrões de folhas ou visões de montanhas na sua mente naquele dia. Poderia ter pintado uma visão distante de um deserto arenoso, mas não tinha energia para isso.

No dia seguinte, se sentiu bastante melhor. Subiu a escada e começou a pintar. Tinha apenas começado a entrar naquilo de novo, quando veio uma batida na porta.

"Droga!", disse Cisco. Mas podia muito bem ter dito "Entre!" educadamente, pois a porta se abriu do mesmo jeito. Dessa vez, um homem muito alto entrou, um completo estranho.

"Este é um estúdio particular", avisou Cisco. "Estou ocupado. Vá embora!"

"Sou Inspetor de Casas", disse o homem, segurando seu cartão de visitas de forma que Cisco, na sua escada, pudesse vê-lo.

"Oh!", exclamou ele.

"A casa de seu vizinho não está satisfatória de jeito nenhum", comentou o Inspetor.

"Eu sei", disse Cisco. "Deixei um recado para os construtores há muito tempo, mas eles nunca vieram. Então fiquei doente."

"Entendo", respondeu o Inspetor. "Mas você não está doente agora."

"Mas não sou construtor. Paróquia deveria fazer uma reclamação para o Conselho Municipal e conseguir ajuda do Serviço de Emergência."

"Eles estão ocupados com danos piores do que qualquer um aqui em cima", disse o Inspetor. "Houve uma enchente no vale, e muitas famílias estão desabrigadas. Você deveria ter ajudado seu vizinho a fazer reparos temporários e impedir que o dano ficasse mais custoso de sanar do que o necessário. Essa é a lei. Há bastante material aqui: tela, madeira, tinta à prova d'água."

"Onde?", perguntou Cisco, indignado.

"Ali!", disse o Inspetor, apontando para a pintura.

"Minha pintura!", exclamou Cisco.

"Ouso dizer que é", disse o Inspetor. "Mas casas vêm primeiro. Essa é a lei."

"Mas eu não posso..." Cisco não disse mais nada, pois naquele momento outro homem entrou. Muito semelhante ao Inspetor era ele, quase seu duplo: alto, vestido todo de preto.

"Venha comigo!", disse ele. "Sou o Condutor."

Cisco tropeçou escada abaixo. Sua febre parecia ter surgido de novo, e sua cabeça estava girando; ele se sentia todo frio.

"Condutor? Condutor?", balbuciou ele. "Condutor de quê?"

"Seu condutor, e de seu vagão", respondeu o homem. "O vagão foi chamado há muito tempo. Chegou finalmente. Está esperando. Você começa hoje a sua viagem, sabe."

"Pois bem!", disse o Inspetor. "Você vai ter de ir; mas é um mau jeito de começar a sua viagem, deixando seus trabalhos sem terminar. Mesmo assim, podemos, pelo menos, dar algum uso a essa tela agora."

"Oh, nossa!", disse o pobre Cisco, começando a chorar. "E não está nem terminada!"

"Não está terminada?", disse o Condutor. "Bem, está acabada, até onde lhe diz respeito, de qualquer maneira. Venha comigo!"

Cisco foi, muito quieto. O Condutor não lhe deu tempo para fazer as malas, dizendo que deveria ter feito aquilo antes, e que eles perderiam o trem; assim, tudo o que Cisco conseguiu fazer foi pegar uma bolsa pequena no salão de entrada. Descobriu que ela continha apenas uma caixa de tintas e um livrinho de seus próprios esboços: nada de comida nem roupas. Eles pegaram o trem sem problemas. Cisco estava se sentindo muito cansado e com sono; mal estava ciente do que acontecia quando o enfiaram na sua cabine. Não se importou muito: tinha esquecido para onde deveria ir ou para que estava indo. O trem entrou quase de imediato num túnel escuro.

Cisco acordou numa estação ferroviária muito grande e escura. Um Carregador caminhava ao longo da plataforma gritando, mas não estava gritando o nome do lugar; estava gritando *Cisco*!

Cisco saiu apressado e descobriu que tinha deixado sua pequena bolsa para trás. Voltou-se, mas o trem tinha ido embora.

"Ah, aí está você!", disse o Carregador. "Por aqui! O quê! Sem bagagem? Terá de ir para o Abrigo."

Cisco se sentiu muito mal e desmaiou na plataforma. Eles o puseram numa ambulância e o levaram para a Enfermaria do Abrigo.

Ele não gostou nem um pouco do tratamento. O remédio que lhe davam era amargo. Os funcionários e atendentes eram inamistosos, silenciosos e inflexíveis; e ele nunca via mais ninguém, exceto um médico muito severo, que o visitava ocasionalmente. Era mais como estar numa prisão do que num hospital. Ele tinha de trabalhar duro, em horas marcadas: cavar, carpintaria e pintar tábuas nuas com uma só cor simples. Ele nunca podia sair, e as janelas todas davam para dentro. Eles o deixavam no escuro por horas de uma vez "para pensar um pouco", diziam. Cisco perdeu a noção do tempo. Nem mesmo começou a se sentir melhor, não se isso pudesse ser julgado pelo fato de ele sentir prazer em fazer alguma coisa. Não sentia, nem mesmo em ir para a cama.

No começo, durante o primeiro século mais ou menos (estou apenas registrando as impressões dele), costumava se preocupar despropositadamente com o passado. Uma coisa ele ficava repetindo para si mesmo, deitado no escuro: "Queria ter chamado Paróquia na primeira manhã depois que os ventos fortes começaram. Devia ter feito isso. As primeiras telhas soltas seriam fáceis de consertar. Então a sra. Paróquia nunca teria pegado um resfriado. Então eu nunca teria pegado um resfriado também. Então eu teria uma semana a mais." Mas com o tempo ele esqueceu por que queria uma semana a mais. Depois disso, se ficava preocupado com alguma coisa, era com seus trabalhos no hospital. Ele os planejava, pensando com que rapidez poderia fazer aquela tábua parar de ranger, ou ajeitar aquela porta, ou consertar aquela perna de cadeira. Provavelmente se tornou bastante útil, embora ninguém nunca lhe dissesse isso. Mas essa, é claro, não pode ter sido a razão pela qual seguraram o pobre homem tanto tempo. Pode ser que eles estivessem esperando que ele ficasse melhor e julgassem "melhor" por algum padrão médico estranho deles mesmos.

Seja como for, o pobre Cisco não tinha nenhum prazer na vida, não o que ele tinha se acostumado a chamar de prazer. Ele certamente não estava se divertindo. Mas não se podia negar que ele começava a ter um sentimento de... bem, satisfação: algo que lembrava mais pão do que geleia. Conseguia começar uma tarefa no momento em que um sino tocasse e deixá-la de lado prontamente no momento em que outro soasse, tudo arrumado e pronto para ser continuado na hora certa. Ele fazia muita coisa num dia, agora; terminava coisas pequenas facilmente. Não tinha "tempo para si" (exceto sozinho na cama de sua cela) e, contudo, estava se tornando mestre de seu tempo; começou a saber exatamente o que podia fazer com ele. Não havia sensação de pressa. Ele estava mais quieto por dentro agora e, na hora do descanso, realmente conseguia descansar.

Então, de repente, eles mudaram todos os seus horários; mal o deixavam ir para a cama; tiraram-no completamente da carpintaria e o deixaram simplesmente cavando, dia após dia. Ele recebeu isso razoavelmente bem. Demorou muito tempo antes que começasse a tatear o fundo da mente em busca dos xingamentos que tinha praticamente esquecido. Continuou cavando até que suas costas pareciam quebradas, suas mãos ficaram em carne viva, e ele sentiu que não conseguiria aguentar outro golpe de pá. Ninguém o agradeceu. Mas o médico veio e olhou para ele.

"Chega!", disse ele. "Descanso completo — no escuro."

Cisco estava deitado no escuro, descansando completamente, de forma que, como não estava nem pensando nem sentindo nada de jeito nenhum, podia ter ficado deitado ali por horas ou por anos, até onde conseguia dizer. Mas então ele ouviu Vozes; não eram vozes que ele já tivesse ouvido antes. Parecia ser uma Junta Médica, ou talvez uma Corte de Inquérito, reunida ali perto, numa sala adjunta, com a porta aberta, possivelmente, embora ele não conseguisse ver luz nenhuma.

"Agora o caso de Cisco", disse uma Voz, uma voz severa, mais severa que a do médico.

"Qual era o problema com ele?", indagou uma Segunda Voz, uma voz que podia ser chamada de gentil, embora não fosse suave — era uma voz de autoridade e soava, ao mesmo tempo, esperançosa e triste. "Qual era o problema com Cisco? Seu coração estava no lugar certo."

"Sim, mas não funcionava corretamente", respondeu a Primeira Voz. "E sua cabeça não estava parafusada com força suficiente: ele mal pensava. Veja só o tempo que desperdiçou, sem nem ao menos se divertir! Nunca ficou pronto para sua viagem. Ele estava moderadamente bem de vida e, no entanto, chegou aqui quase miserável e teve de ser posto na ala dos indigentes. Temo que seja um caso difícil. Acho que ele deve ficar algum tempo ainda."

"Não ia lhe fazer mal nenhum, talvez", disse a Segunda Voz. "Mas, claro, ele é apenas um homenzinho. Nunca foi destinado a ser alguém muito grande; e nunca foi muito forte. Vamos olhar os Registros. Sim. Há alguns pontos favoráveis, sabe."

"Talvez," comentou a Primeira Voz, "mas muito poucos que resistirão, de fato, ao exame."

"Bem," disse a Segunda Voz, "há estes aqui. Ele era um pintor por natureza. De um jeito menor, é claro; ainda assim, uma Folha de Cisco tem um charme só seu. Ele se dava uma boa dose de trabalho com folhas, apenas por amor a elas. Mas nunca achou que isso o tornasse importante. Não há sinal algum nos Registros de que ele fingisse, mesmo que para si mesmo, que isso desculpava sua negligência quanto às coisas ordenadas pela lei."

"Então ele não deveria ter negligenciado tantas delas", respondeu a Primeira Voz.

"Mesmo assim, ele chegou a responder a uma bela quantidade de Chamados."

"Uma pequena porcentagem, a maioria do tipo mais fácil, e ele os chamava de Interrupções. Os Registros estão cheios da palavra, junto com muitas reclamações e imprecações bobas."

"Verdade; mas eles lhe pareciam interrupções, é claro, pobre homenzinho. E há isto: ele nunca esperou nenhuma Recompensa, como tantos de seu tipo a chamam. Há o caso de Paróquia, o que chegou depois. Ele era vizinho de Cisco, nunca moveu uma palha por ele e dificilmente mostrava alguma gratidão. Mas não há nota nos Registros de que Cisco esperasse a gratidão de Paróquia; ele não parece ter pensado nisso."

"Sim, esse é um fato", assentiu a Primeira Voz; "mas bem pequeno. Acho que você vai descobrir que Cisco muitas vezes simplesmente esquecia. As coisas que tinha de fazer para Paróquia ele tirava da cabeça como um obstáculo do qual se livrara."

"Ainda assim, há este último relatório," disse a Segunda Voz, "aquela viagem de bicicleta ensopado. Devo ressaltar isso. Parece claro que esse foi um sacrifício verdadeiro: Cisco percebeu que estava jogando fora a última chance com sua pintura e percebeu também que Paróquia estava se preocupando desnecessariamente."

"Acho que você está colocando as coisas de modo forte demais", ponderou a Primeira Voz. "Mas você tem a última palavra. É o seu trabalho, claro, dar a melhor interpretação aos fatos. Às vezes, eles a sustentam. O que propõe?"

"Acho que é o caso de um pouco de tratamento gentil agora", disse a Segunda Voz.

Cisco achou que nunca tinha ouvido nada tão generoso quanto essa Voz. Ela fazia o Tratamento Gentil soar como uma batelada de presentes caros e o convite para o banquete de um Rei. Então, de repente, Cisco sentiu vergonha. Ouvir que ele era considerado um caso de Tratamento Gentil o surpreendeu e o fez corar no escuro. Era como ser elogiado publicamente quando você e toda a audiência sabem que o elogio não é merecido. Cisco escondeu seu rubor no cobertor grosseiro.

Houve silêncio. Então a Primeira Voz falou com Cisco, bem perto. "Você andou escutando", disse.

"Sim", assentiu Cisco.

"Bem, o que tem a dizer?"

"Pode me dizer algo sobre Paróquia?", perguntou Cisco. "Gostaria de vê-lo de novo. Espero que não esteja muito doente. Vocês conseguem curar a perna dele? Costumava lhe fazer passar um mau pedaço. E, por favor, não se preocupem comigo e com ele. Era um vizinho muito bom e me deixava levar para casa batatas excelentes e muito baratas, o que me economizava um monte de tempo."

"Deixava?", disse a Primeira Voz. "Fico contente de ouvir isso."

Houve outro silêncio. Cisco escutou as vozes se afastando. "Bem, eu concordo", ouviu a Primeira Voz dizer ao longe. "Deixe-o ir para o próximo estágio. Amanhã, se você quiser."

Cisco acordou e descobriu que suas persianas tinham sido abertas e que sua pequena cela estava cheia da luz do sol. Levantou-se e descobriu que algumas roupas confortáveis tinham sido separadas para ele, e não o uniforme do hospital. Depois do café da manhã, o médico tratou de suas mãos inchadas, aplicando um pouco de bálsamo que as curou na hora. Deu a Cisco alguns bons conselhos e uma garrafa de tônico (caso precisasse dele). No meio da manhã, deram a Cisco um biscoito e uma garrafa de vinho; e depois lhe deram uma passagem.

"Pode ir para a estação de trem agora", disse o médico. "O Carregador cuidará de você. Adeus."

Cisco passou pela porta principal e piscou um pouco. O sol estava muito forte. Ele também esperava chegar a uma cidade grande, que correspondesse ao tamanho da estação; mas não foi assim. Estava no alto de uma colina, verde, limpa, varrida por um vento penetrante e revigorante. Ninguém mais estava por ali. Lá embaixo, sob a colina, conseguia ver o teto da estação brilhando.

Ele desceu a ladeira para a estação num passo forte, mas sem pressa. O Carregador o viu na hora.

"Por aqui!", disse, e levou Cisco para uma plataforma, na qual estava um trenzinho local muito agradável: um vagão e uma pequena locomotiva, os dois muito brilhantes, limpos e pintados recentemente. Parecia que era a primeira viagem deles. Até a estrada de ferro diante da locomotiva parecia nova: os trilhos brilhavam, os grampos estavam pintados de verde, e os dormentes exalavam um cheiro delicioso de piche fresco sob o sol quente. O vagão estava vazio.

"Para onde este trem vai, Carregador?", perguntou Cisco.

"Não acho que eles tenham decidido o nome ainda", disse o Carregador. "Mas você vai descobrir, com certeza." Trancou a porta.

O trem partiu na hora. Cisco se recostou no seu assento. A pequena locomotiva bufava num barranco fundo com encostas verdes, encimado por um céu azul. Não pareceu demorar muito até que o motor deu um assobio, os freios foram acionados e o trem parou. Não havia estação nem placa, apenas um lance de escadas que ia até o alto da encosta verde. No alto dos degraus havia um portão de vime numa sebe bem cuidada. Ao lado do portão estava a bicicleta dele; pelo menos parecia a sua, e havia uma placa amarela amarrada ao guidão com CISCO escrita nela em grandes letras pretas.

Cisco empurrou o portão, pulou para a bicicleta e foi rolando morro abaixo no sol de primavera. Em pouco tempo, descobriu que a trilha onde tinha começado desaparecera, e a bicicleta estava rodando sobre uma relva maravilhosa. Era verde e baixa; e, contudo, ele conseguia ver cada folha distintamente. Parecia se lembrar de ter visto ou sonhado com aquele trecho de grama em algum outro lugar. As curvas da terra eram familiares, de alguma forma. Sim, o chão estava ficando plano, como deveria, e agora, é claro, estava começando a se elevar de novo. Uma grande sombra verde se pôs entre ele e o sol. Cisco olhou para cima e caiu da sua bicicleta.

Diante dele, estava a Árvore, a sua Árvore, terminada. Se é que você consegue dizer isso de uma Árvore que estava viva, suas folhas se abrindo, seus galhos crescendo e se curvando ao vento que Cisco tinha, tantas vezes, sentido ou intuído e tinha, tantas vezes, falhado em capturar. Ele fitou a Árvore e, lentamente, ergueu os braços e os abriu ao máximo.

"É um dom!", disse ele. Estava se referindo à sua arte e também ao resultado; mas estava usando a palavra de forma bem literal.

Continuou a olhar para a Árvore. Todas as folhas nas quais ele jamais labutara estavam lá, como ele as tinha imaginado, e não como ele as tinha feito; e havia outras que apenas tinham brotado na sua mente, e muitas que poderiam ter brotado, se ele tivesse tido tempo. Nada estava escrito nelas, eram apenas folhas soberbas, mas estavam datadas tão claramente quanto um calendário. Algumas das mais bonitas — e mais características, os exemplos mais perfeitos do estilo Cisco — tinham sido visivelmente produzidas em colaboração com o sr. Paróquia: não havia outro jeito de expressar o fato.

Os pássaros estavam construindo ninhos na árvore. Pássaros impressionantes: como cantavam! Estavam cruzando, chocando, criando asas e voando a cantar para a Floresta, mesmo enquanto olhava para eles. Pois agora ele via que a Floresta também estava lá, espalhando-se para os dois lados e continuando na distância. As Montanhas estavam cintilando ao longe.

Depois de um tempo, Cisco se voltou para a Floresta. Não porque estivesse cansado da Árvore, mas parecia tê-la muito clara na sua mente agora e estava ciente dela e de seu crescimento, mesmo enquanto não estava olhando para ela. Conforme se afastava, descobriu uma coisa estranha: a Floresta, é claro, era uma Floresta distante, mas ele podia se aproximar dela, e mesmo adentrá-la, sem que perdesse esse charme particular. Ele nunca antes tinha conseguido ir para um lugar distante sem transformá-lo em simples arredores. Realmente aquilo dava uma considerável atração adicional a caminhar pelo país, porque, conforme você andava, novas distâncias se abriam; de forma que agora você tinha distâncias dobradas, triplicadas e quadruplicadas, dupla, tripla e quadruplamente encantadoras. Poderia continuar, cada vez mais, ter um país inteiro num jardim ou numa pintura (se preferisse chamá-la assim). Poderia continuar, cada vez mais, mas não talvez para sempre. Havia as Montanhas no fundo. Essas ficavam mais perto, muito devagar. Não pareciam pertencer à pintura ou estavam ali apenas como ligação com algo mais, um vislumbre através das árvores de algo diferente, um próximo estágio: outra pintura.

Cisco andava por ali, mas não estava apenas vagando. Estava olhando cuidadosamente à sua volta. A Árvore estava terminada, embora não acabada — "Exatamente o oposto do que costumava ser", pensou —, mas, na Floresta, havia certo número de regiões inconclusas, que ainda precisavam de trabalho e pensamento. Nada mais precisava de alteração, nada estava errado, até onde tinha ido, mas precisava de continuidade até um ponto definido. Cisco via a questão precisamente, em cada caso.

Ele se sentou debaixo de uma árvore distante muito bonita — uma variação da Grande Árvore, mas bastante individual, ou assim ficaria com um pouco mais de atenção — e considerou onde começar o trabalho, onde terminá-lo e quanto tempo era necessário. Não conseguia definir exatamente seu esquema.

"É claro!", disse. "Preciso do Paróquia. Há montes de coisas sobre terra, plantas e árvores que ele sabe, e eu não. Este lugar não pode ficar sendo apenas meu parque particular. Preciso de ajuda e conselho: devia ter percebido isso antes."

Ele se levantou e caminhou até o lugar onde tinha decidido começar o trabalho. Tirou seu casaco. Então, numa pequena cava protegida, oculta para quem estava mais longe, ele viu um homem que olhava em volta, bastante perdido. Estava apoiado numa pá, mas claramente não sabia o que fazer. Cisco o saudou. "Paróquia!", chamou.

Paróquia apoiou a pá nos ombros e veio até ele. Ainda mancava um pouco. Eles não falaram, apenas inclinaram a cabeça, como costumavam fazer, passando pela alameda; mas agora caminhavam juntos, de braços dados. Sem falar, Cisco e Paróquia concordaram exatamente sobre onde construir a pequena casa e o jardim, que pareciam ser necessários.

Conforme trabalhavam juntos, ficou claro que Cisco agora era o melhor dos dois em organizar seu tempo e terminar as coisas. Estranhamente, era Cisco quem se tornara mais absorvido com construção e jardinagem, enquanto Paróquia frequentemente vagueava olhando as árvores, especialmente a Árvore.

Um dia, Cisco estava ocupado plantando uma muda de sebe, e Paróquia estava deitado na grama ali perto, olhando atentamente para uma florzinha amarela bela e formosa que crescia na relva verde. Cisco tinha colocado um monte delas entre as raízes de sua Árvore, havia muito tempo. De repente, Paróquia olhou para cima: seu rosto estava brilhando ao sol, e ele estava sorrindo.

"Isto é genial!", disse ele. "Eu realmente não devia estar aqui. Obrigado por dar uma palavrinha por mim."

"Bobagem", comentou Cisco. "Não me lembro do que disse, mas de qualquer forma não foi nem perto do suficiente."

"Oh, foi sim", respondeu Paróquia. "Tirou-me de lá muito mais cedo. Aquela Segunda Voz, sabe: ela me mandou para cá; disse que você tinha pedido para me ver. Devo isso a você."

"Não. Você deve isso à Segunda Voz", afirmou Cisco. "Nós dois devemos."

Eles continuaram a morar e a trabalhar juntos, não sei por quanto tempo. Não adianta negar que, no começo, eles ocasionalmente discordavam, especialmente quando ficavam cansados. Pois, no começo, às vezes, até ficavam cansados. Descobriram que ambos tinham recebido tônicos. Cada garrafa tinha o mesmo rótulo: "Algumas gotas que devem ser tomadas em água da Fonte antes de descansar."

Acharam a Fonte no coração da Floresta; só uma vez, muito tempo antes, Cisco a havia imaginado, mas nunca a desenhara. Agora percebia que era a nascente do lago que brilhava ao longe e o sustento de tudo o que crescia no país. As poucas gotas tornavam a água adstringente, mais para amarga, mas revigorante; e ela clareava as ideias. Depois de beber, descansavam sozinhos; e então se levantavam de novo, e as coisas iam adiante alegremente. Nessas horas, Cisco pensava em flores e plantas novas e maravilhosas, e Paróquia sempre sabia exatamente como plantá-las e onde elas dar-se-iam melhor. Muito antes que os tônicos acabassem, eles tinham deixado de precisar deles. Paróquia parou de mancar.

Conforme o trabalho deles se aproximava do fim, permitiam-se mais e mais tempo para caminhar, olhando as árvores, e as flores, as luzes, as formas e o traçado da terra. Às vezes cantavam juntos; mas Cisco descobriu que estava começando a voltar seus olhos, com mais e mais frequência, na direção das Montanhas.

O tempo chegou quando a casa na cava, o jardim, a grama, a floresta, o lago e todo o país estavam quase completos do seu próprio jeito certo. A Grande Árvore estava toda em flor.

"Vamos terminar nesta tarde", disse Paróquia um dia. "Depois disso, vamos fazer uma caminhada realmente longa."

Eles partiram no dia seguinte e caminharam toda a distância até a Borda. Não era visível, claro: não havia linha, ou cerca, ou muro; mas sabiam que tinham chegado à margem daquele país. Viram um homem, ele parecia um pastor; estava caminhando na direção deles, descendo as encostas gramadas que levavam às Montanhas.

"Querem um guia?", perguntou. "Querem continuar?"

Por um momento, uma sombra caiu entre Cisco e Paróquia, pois Cisco sabia que agora queria continuar e (em certo sentido) devia continuar; mas Paróquia não queria continuar e ainda não estava pronto para ir.

"Tenho de esperar minha esposa", disse Paróquia a Cisco. "Ela iria se sentir solitária. Eu meio que achava que eles iriam mandá-la atrás de mim, num momento ou outro, quando estivesse pronta e quando eu tivesse preparado as coisas para ela. A casa está terminada agora, da melhor maneira que pudemos arrumá-la; mas eu gostaria de mostrar o lugar à minha esposa. Ela vai ser capaz de melhorá-la, imagino: vai deixá-la mais caseira. Espero que ela goste deste país também." Ele se voltou para o pastor. "Você é um guia?", perguntou. "Poderia me dizer o nome deste país?"

"Você não sabe?", disse o homem. "É País de Cisco. Esta é a Pintura de Cisco, ou a maior parte dela: um pouco dela é agora o Jardim de Paróquia."

"Pintura de Cisco!", exclamou Paróquia em assombro. "*Você* pensou em tudo isso, Cisco? Nunca imaginei que fosse tão inteligente. Por que não me disse?"

"Ele tentou lhe dizer há muito tempo", explicou o homem; "mas você não queria olhar. Ele só tinha tela e tinta naqueles dias, e você queria consertar seu teto com elas. Isto é o que você e sua esposa costumavam chamar de Bobagem de Cisco ou Aquele Borrão."

"Mas não parecia assim na época, não era *real*", disse Paróquia.

"Não, era só um vislumbre na época", respondeu o homem; "mas você poderia ter captado o vislumbre, se alguma vez tivesse achado que valia tentar".

"Eu não lhe dei muita chance", disse Cisco. "Nunca tentei explicar. Costumava chamar você de Velho Cavador-de-terra. Mas o que importa? Vivemos e trabalhamos juntos agora. As coisas poderiam ter sido diferentes, mas não poderiam ter sido melhores. Mesmo assim, temo que terei de ir em frente. Vamos nos encontrar de novo, espero: deve haver muito mais coisas que possamos fazer juntos. Adeus!" Ele apertou a mão de Paróquia de maneira calorosa: uma mão boa, firme e honesta, pareceu. Voltou-se e olhou para trás por um momento. A florada na Grande Árvore brilhava como chama. Todos os pássaros estavam voando no ar e cantando. Então ele sorriu, inclinou a cabeça para Paróquia e partiu com o pastor.

Ele ia aprender sobre ovelhas e as pastagens altas, olhar para um céu mais amplo e caminhar para cada vez mais e mais perto das Montanhas, sempre morro acima. Além disso, não consigo adivinhar o que foi dele. Até o pequeno Cisco em seu antigo lar conseguia vislumbrar as Montanhas ao longe, e elas ficaram nas fronteiras de sua pintura; mas como elas realmente são e o que jaz além delas, só podem dizer os que as escalaram.

"Acho que ele era um homenzinho tolo", disse o Conselheiro Tomasim. "Sem valor, na verdade; sem utilidade alguma para a Sociedade."

"Oh, não sei", respondeu Alvim, que não era ninguém importante, só um mestre-escola. "Não tenho tanta certeza; depende do que você quer dizer com utilidade."

"Nenhuma utilidade prática ou econômica", disse Tomasim. "Ouso dizer que ele poderia ser transformado numa engrenagem útil de algum tipo, se vocês, mestres-escolas, fizessem seu trabalho. Mas não o fazem, e então temos pessoas inúteis desse tipo. Se eu mandasse neste país, colocaria a ele e aos de sua laia em algum serviço para o qual fossem adequados, lavando pratos numa cozinha comunitária ou algo assim, e certificar-me-ia de que o fizessem direito. Ou iria descartá-los. Eu devia tê-lo descartado há muito tempo."

"Descartá-lo? Quer dizer que iria fazê-lo começar a viagem antes do tempo dele?"

"Sim, se você tem mesmo de usar essa velha expressão sem sentido. Empurrá-lo pelo túnel até o grande Monte de Lixo: é isso o que quero dizer."

"Então você não acha que a pintura vale alguma coisa, não vale ser preservada, melhorada ou mesmo utilizada?"

"Claro, pintar tem suas utilidades", disse Tomasim. "Mas você não conseguiria dar uma utilidade à pintura dele. Há escopo de sobra para jovens ousados sem medo de novas ideias e novos métodos. Nenhum para essa coisa antiquada. Devaneio particular. Ele não conseguiria desenhar um pôster de propaganda para salvar a própria vida. Sempre mexendo com folhas e flores. Perguntei a ele por que uma vez. Ele disse que as achava bonitas! Dá para acreditar? Ele disse *bonitas*! 'O que, órgãos digestivos e genitais de plantas?', retruquei; e ele não teve nada para responder. Enrolador tonto."

"Enrolador", suspirou Alvim. "Sim, pobre homenzinho, ele nunca terminava nada. Ah, bom, suas telas foram empregadas para 'usos melhores', desde que partiu. Mas não tenho tanta certeza, Tomasim. Lembra-se da grande, a que eles usaram para cobrir a casa danificada vizinha da dele, depois dos vendavais e enchentes? Achei um canto dela rasgado, caído num campo. Estava danificado, mas visível: o pico de uma montanha e folhas ao vento. Não consigo tirá-la da minha cabeça."

"Da sua o quê?", disse Tomasim.

"Sobre quem vocês dois estão falando?", indagou Pedrim, intervindo em nome da paz; Alvim tinha ficado bastante vermelho.

"O nome não vale a pena repetir", respondeu Tomasim. "Não sei nem por que estamos falando dele. Não morava na cidade."

"Não", disse Alvim; "mas você estava de olho na casa dele mesmo assim. É por isso que você costumava ir visitá-lo e olhá-lo com desprezo enquanto bebia o seu chá. Bem, você tem a casa dele agora, assim como a da cidade, então não precisa negar-lhe o nome. Estávamos falando de Cisco, se quer saber, Pedrim."

"Oh, pobrezinho do Cisco!", comentou Pedrim. "Nunca soube que ele pintava."

Essa foi provavelmente a última vez que o nome de Cisco apareceu numa conversa. Entretanto, Alvim preservou o canto extraviado da pintura. A maior parte dele se desmanchou; mas uma folha bonita permaneceu intacta. Alvim mandou enquadrá-la. Mais tarde, ele a deixou para o Museu da Cidade e, por muito tempo, "Folha: de Cisco" ficou lá pendurada num recesso e foi notada por uns poucos olhos. Mas, finalmente, o Museu foi incendiado, e a folha e Cisco foram completamente esquecidos no antigo país dele.

"Está se mostrando muito útil, de fato", disse a Segunda Voz. "Como um feriado e um refrigério. É esplêndido para convalescência; e não apenas para isso, para muitos é a melhor introdução às montanhas. Opera maravilhas em alguns casos. Estou mandando mais e mais gente para lá. Eles raramente precisam voltar."

"Não, é assim mesmo", respondeu a Primeira Voz. "Acho que teremos de dar um nome à região. O que você propõe?"

"O Carregador resolveu isso há algum tempo", comentou a Segunda Voz. "'Trem para Paróquia de Cisco na plataforma'; ele anda gritando isso não é de hoje. Paróquia de Cisco. Mandei uma mensagem a ambos para contar a eles."

"O que disseram?"

"Ambos riram. Riram — as Montanhas chacoalharam com o riso!"

O REGRESSO DE BEORHTNOTH, FILHO DE BEORHTHELM

O Regresso de Beorhtnoth, Filho de Beorhthelm

(I)

A MORTE DE BEORHTNOTH

Em agosto do ano de 991, no reinado de Æthelred II, uma batalha foi travada perto de Maldon, em Essex. De um lado, estava a força de defesa de Essex; de outro, uma hoste viking que devastara Ipswich. Os ingleses eram comandados por Beorhtnoth, filho de Beorhthelm, o duque de Essex, um homem renomado em sua época: poderoso, destemido, soberbo. Estava agora velho e grisalho, mas ainda era vigoroso e valente, e sua cabeça branca se erguia muito acima de outros homens, pois ele era excepcionalmente alto.[1] Os "daneses" — nessa ocasião, eles eram, em sua maior parte, noruegueses — eram liderados, de acordo com uma versão da Crônica Anglo-Saxá, por Anlaf, famoso nas sagas e nas histórias nórdicas como Olaf Tryggvason, mais tarde, rei da Noruega.[2] Os nortistas haviam subido o estuário do rio Pante, hoje chamado de Blackwater, e acamparam na ilha de Northey. Os nortistas e os ingleses estavam, assim, separados

---

[1]De acordo com uma estimativa, ele media 1,98 metro. Esse dado se baseia no comprimento e tamanho de seus ossos quando foram examinados em seu túmulo em Ely, no ano de 1769. [N. A.]

[2]Que Olaf Tryggvason tenha mesmo estado presente em Maldon é um dado hoje considerado duvidoso. Mas seu nome era conhecido dos ingleses. Ele estivera na Grã-Bretanha antes e, certamente, esteve no local de novo em 994. [N. A.]

por um braço do rio; quando ele era engrossado pela maré alta, só podia ser cruzado por uma "ponte" ou rampa difícil de ultrapassar diante de uma defesa determinada.[3] A defesa foi resoluta. Mas os vikings sabiam, ou assim parecia, com que tipo de homem tinham de lidar: pediram permissão para cruzar o vau, de forma que uma luta justa pudesse acontecer. Beorhtnoth aceitou o desafio e permitiu que atravessassem. Esse ato de soberba e cavalheirismo deslocado se mostrou fatal. Beorhtnoth foi morto, e os ingleses debandaram; mas a "casa" do duque, seu *heorðwerod*, que continha os cavaleiros e oficiais escolhidos de sua guarda pessoal, alguns dos quais membros de sua própria família, continuaram a lutar, até que todos tombaram mortos ao lado de seu senhor.

Um fragmento — um fragmento grande, com 325 versos — de um poema contemporâneo foi preservado. Não tem fim, nem começo, nem título, mas hoje é geralmente conhecido como *A Batalha de Maldon*. Conta a exigência de tributo por parte dos vikings em troca de paz; a recusa orgulhosa, o desafio de Beorhtnoth e a defesa da "ponte"; o pedido matreiro dos vikings e a travessia da rampa; a última luta de Beorhtnoth, a queda de sua espada de punho dourado de sua mão aleijada e a mutilação de seu corpo pelos pagãos. O fim do fragmento, quase a metade dele, conta o último combate da guarda pessoal. Os nomes, os feitos e as falas de muitos dos ingleses estão registrados.

O duque Beorhtnoth era um defensor dos monges e um patrono da Igreja, especialmente da abadia de Ely. Depois da batalha, o abade de Ely obteve seu corpo e o enterrou na abadia. Sua cabeça tinha sido decepada e não foi recuperada; no túmulo, foi substituída por uma bola de cera.

De acordo com o relato tardio e em grande parte não histórico do *Liber Eliensis*, escrito no século XII, o próprio abade de Ely

---

[3]De acordo com a interpretação de E.D. Laborde, hoje, geralmente, aceita. A rampa ou "ladeira" entre Northey e a terra firme ainda está lá. [N. A.]

foi com alguns de seus monges até o campo de batalha. Mas, no poema a seguir, supõe-se que o abade e seus monges só tenham chegado até Maldon e que lá tenham permanecido, mandando dois homens, servos do duque, para o campo de batalha, que ficava a certa distância dali, na tarde do dia depois da batalha. Eles levaram uma carroça e tinham a tarefa de trazer de volta o corpo de Beorhtnoth. Deixaram a carroça perto do fim da rampa e começaram a procurar entre os mortos; muitíssimos haviam tombado de ambos os lados. Torhthelm (coloquialmente Totta) é um jovem, filho de menestrel; sua cabeça está cheia de antigas baladas acerca dos heróis da antiguidade nortista, tais como: Finn, rei da Frísia; Fróda dos Hetobardos; Béowulf; Hengest e Horsa, líderes tradicionais dos vikings ingleses nos dias de Vortigern (chamado pelos ingleses de Wyrtgeorn). Tídwald (encurtado para Tída) era um velho *ceorl*, um lavrador que tinha visto muitas lutas nas milícias de defesa inglesas. Nenhum desses homens tinha chegado a estar na batalha. Depois de deixar a carroça, eles se separaram no crepúsculo que chegava. A noite cai, escura e nublada. Torhthelm se acha sozinho numa parte do campo onde os mortos jazem aos montes.

Do velho poema vêm as palavras orgulhosas de Offa, num conselho antes da batalha, e o nome do valente e jovem Aelfwine (varão de uma antiga casa nobre de Mércia), cuja coragem foi elogiada por Offa. Nesse texto, também são encontrados os nomes dos dois Wulfmaers: Wulfmaer, filho da irmã de Beorhtnoth, e Wulfmaer, o jovem, filho de Wulfstan, o qual, ao lado de Aelfnoth, tombou gravemente ferido ao lado de Beorhtnoth. Perto do fim do fragmento sobrevivente, um velho vassalo, Beorhtwold, enquanto se prepara para morrer no último combate desesperado, pronuncia as palavras famosas, um resumo do código heroico, que aqui são faladas por Torhthelm durante um sonho:

Hige sceal þe heardra, heorte þe cenre,
Mod sceal þe mare þe ure maegen lytlað.

"A vontade será mais severa, o coração mais ousado, o espírito maior, conforme nossa força diminui."

Fica subentendido aqui, como de fato é provável, que essas palavras não eram "originais", mas uma expressão antiga e venerável da vontade heroica; é muito mais, e não menos, provável que Beorhtwold, por essa razão, as tenha realmente usado em seus momentos finais.

A terceira voz inglesa no escuro, falando depois que o *Dirige*[4] é ouvido pela primeira vez, usa rima: pressagiando o fim paulatino da antiga métrica aliterante. O antigo poema está composto numa forma livre do verso aliterante, sendo o último fragmento sobrevivente do antigo cancioneiro heroico inglês. Nessa mesma métrica, pouco ou nada mais livre que os versos de *A Batalha de Maldon* (ainda que usada para diálogos), o poema moderno está escrito.

As linhas que rimam ecoam alguns versos preservados na *Historia Eliensis*, referentes ao rei Canuto:[5]

Merie sungen ðe muneches binnen Ely,
ða Cnut ching reu ðerby.
"Roweð, cnites, noer the land
and here we ther muneches saeng."[6]

---

[4]"Conduz", palavra em latim que inicia orações tradicionais pelos mortos na liturgia católica e de outras denominações cristãs. [N. T.]

[5]Rei escandinavo (995–1035) que conquistou a Inglaterra. [N. T.]

[6]*Alegres cantavam os monges em Ely / Quando o rei Canuto veio remando por perto / "Remem, rapazes, perto da terra / E ouçamos a canção dos monges."* [N. T.]

(II)

O REGRESSO DE BEORHTNOTH, FILHO DE BEORHTHELM

Ouve-se o som de um homem que se movimenta de maneira incerta e respira barulhento na escuridão. De repente, alguém fala alto e de modo brusco.

TORHTHELM

Alto lá!   O que faz? Fale!   Ao diabo!

TÍDWALD

Totta!   Seus dentes a bater conheço!

TORHTHELM

É você, Tída!   O tempo não se esvai,
tarda entre os mortos.   Tão estranhos jazem.
Esperei e velei, e o murmurar do vento
virou verso na voz viva de fantasmas
que em meus ouvidos chiam.

TÍDWALD

E sua mente criou
abantesmas e trasgos.   Há treva sem fim
e se oculta a Lua; mas escute o que digo:
não é longe daqui que se encontra o mestre,
ao que tudo indica.

Tídwald deixa escapar um feixe tênue de luz de uma lanterna escura. Uma coruja pia. Uma forma escura passa pelo feixe de luz. Torhthelm se mexe para trás e emborca a lanterna, que Tída tinha posto no chão.

O que tem você?

TORHTHELM

Deus do céu!   Ouça!

THE HOMECOMING OF BEORHTNOTH BEORHTHELM'S SON

The sound is heard of a man moving uncertainly and breathing noisily in the darkness. Suddenly a voice speaks loudly and sharply.

TORHTHELM

Halt!   What do you want?   Hell take you! Speak!

TÍDWALD

Totta!   I know you by your teeth rattling.

TORHTHELM

Why, Tída, you!   The time seemed long
alone among the lost.   They lie so queer.
I've watched and waited, till the wind sighing
was like words whispered by waking ghosts
that in my ears muttered.

TÍDWALD

And your eyes funded
barrow-wights and bogies.   It's a black darkness
since the moon foundered; but mark my words:
not far from here we'll find the master,
by all accounts.

Tidwald lets out a faint beam from a dark-lantern. And owl hoots. A dark shape flits through the beam of light. Torhthelm starts back and overturns the lantern, which Tída had set on the ground.

What ails you now?

TORHTHELM

Lord save us!   Listen!

TÍDWALD

Está doido, rapaz.
Sua mente e seu medo inimigos criam.
Acuda-me aqui!   Coisa difícil
é tal carga erguer; os curtos, compridos,
os fartos e os finos.   Fale menos, pense menos
de espectros.   Pare com a poesia!
Estão no chão os fantasmas, ou os tem Deus;
e lobos não há como na era de Woden,
não agora em Essex.   Se algum houver,
tem duas patas.   Pronto, vire-o!

Uma coruja pia outra vez.

É só uma coruja.

TORHTHELM

É agourenta.
Traz má sorte.   Mas não tenho receio
nem temor inventado.   De tolo me chame,
mas todos detestam a treva horrenda
entre os mortos sem véu.   É como a vaga sombra
do inferno gentio, no aflito reino
onde tentar é vão.   Seria eterna a busca
sem sinal algum neste negror, Tída.
Oh, mestre amado, onde morto jaz,
cabeça tão branca descoberta e fria,
e os membros seus em sono sem fim?

Tídwald deixa escapar de novo a luz da lanterna escura.

TÍDWALD

Amigo, olhe aqui, onde há mais deles!
Acuda cá!   Sei de quem é a cabeça!
Este é Wulfmaer.   Quase hei de jurar
que perto do mestre e amigo tombou.

TÍDWALD

My lad, you're crazed.
Your fancies and your fears make foes of nothing.
Help me to heave 'em!   It's heavy labour
to lug them alone: long ones and short ones,
the thick and the thin.   Think less, and talk less
of ghosts.   Forget your gleeman's stuff!
Their ghosts are under ground, or else God has them;
aod wolves don't walk as in Woden's days,
not here in Essex.   If any there be,
they'll be two-legged. There, turn him over!

An owl hoots again.

It's only an owl.

TORHTHELM

An ill boding.
Owls are omens.   But I'm not afraid,
not of fancied fears.   A fool call me,
but more men than I find the mirk gruesome
among the dead unshrouded.   It's like the dim shadow
of heathen hell, in the hopeless kingdom
where search is vain.   We might seek for ever
and yet miss the master in this mirk, Tfda.
O lord beloved, where do you lie tonight,
your head so hoar upou a hard pillow,
and your limbs lying in long slumber?

Tídwald lets out again the light of the dark-lantern.

TÍDWALD

Look here, my lad, where they lie thickest!
Here! lend a hand!   This head we know!
Wulfmrer it is.   I'll wager aught
nor far did he full from friend and master.

137

Torhthelm

O filho-da-irmã!   Falam-nos os cantos:
Sempre juntos ao lutar vão tio e sobrinho.

Tídwald

Não, não é ele — ou nada dele sobrou.
Penso que é o outro, o rapaz de Essex,
filho de Wulfstan.   Um fado cruel
leva-o assim logo.   Valente o menino,
Têmpera de homem.

Torhthelm

   Tende piedade!
Mais novo que eu, por um ano ou mais.

Tídwald

E Ælfnoth também, junto ao braço dele.

Torhthelm

Foi como ele quis.   Em brinquedo ou labor
eram amigos leais e amavam seu senhor,
feito irmãos dele.

Tídwald

   Ao demônio esta lâmpada
e minha turva vista!   Estou quase certo
que na defesa final foram mortos
e que o mestre está aqui.   Mexa-os com calma!

Torhthelm

Moços de brio!   Mas mau é ver barbados
que às costas põem broquel e correm da batalha,
céleres feito cervos, enquanto os sujos sem-Deus
derrubam seus meninos.   Que o raio dos Céus
fulmine os bastardos que à morte os deixaram
pra infâmia dos anglos!   E Ælfwine está aqui:
barba que mal brota e não se bate mais.

Torhthelm

His sister-son! The songs tell us,
ever near shall be at need nephew to uncle.

Tídwald

Nay, he's not here — or he's hewn out of ken.
It was the other I meant, th' Eastsaxon lad,
WulfStan's youngster. It's a wicked business
to gather them ungrown. A gallant boy, too,
and the makings of a man.

Torhthelm

Have mercy on us!
He was younger than I, by a year or more.

Tídwald

Here's Æifnoth, too, by his arm lying.

Torhthelm

As he would have wished it. In work or play
they were fast fellows, and faithful to their lord,
as close to him as kin.

Tídwald

Curse this lamplight
and my eyes' dimness! My oath I'll take
they fell in his defence, and not far away
now master lies. Move them gently!

Torhthelm

Brave lads! But it's bad when bearded men
put shield at back and shun battle,
running like roe-deer, while the red heathen
beat down their boys. May the blast of Heaven
light on the dastards that to death left them
to England's shame! And here's Ælfwine:
barely bearded, and his battle's over.

TÍDWALD

Isso é mau, Totta.   Destemido nobrezinho,
como outros não há: uma arma nova
do ferro antigo.   Fero como chama,
ávido como aço.   Ácido, às vezes,
boca-rota, lembrando Offa.

TORHTHELM

Offa! Está em silêncio.   Poucos lordes o amavam.
Por muitos seria calado, se o mestre deixasse.
"Os poltrões aqui trilam faceiros
com audácia de galinhas", dizem que falou
aos lordes reunidos.   É como as lais cantam:
"O que jurar ébrio, quando a aurora vier
cumpra seu voto ou seu vinho vomite,
como o tolo que é".   Mas as cantigas morrem,
e o mundo decai.   Aqui queria estar,
e não ficar para trás com os lacaios vadios,
mascates e cozinheiros!   Pela Cruz, Tída,
eu o amava mais que muitos desses nobres;
quem é livre e desvalido, na luta pode ser
mais duro, por fim, que fidalgos de escol
cuja raça remonta a reis antes de Woden.

TÍDWALD

Conversa, Totta!   Vai vir sua hora,
e menos leve há de ser do que as lais dizem.
Sabe a fel o ferro, e fundo corta a espada
alva e fria, quando a hora chega.
Valha-te então Deus, se a verve faltar!
Quando o escudo se quebra, a escolha é dura,
morte ou vergonha.   Dê uma mão com este!
Aqui, vire-o — carcaça de bicho,
gentio nojento!

TÍDWALD

That's bad, Totta.   He was a brave lordling,
and we need his like: a new weapon
of the old metal.   As eager as fire,
and as staunch as steel.   Stem-tongued at times,
and outspoken after Offa's sort.

TORHTHELM

Offa! he's silenced.   Not all liked him;
many would have muzzled him, had master let them.
'There are cravens at council that crow proudly
with the hearts of hens': so I hear he said
at the lords' meeting.   As lays remind us:
'What at the mead man vows, when morning comes
let him with deeds answer, or his drink vomit
and a sot be shown.'   But the songs wither,
and the world worsens.   I wish I'd been here,
not left with the luggage and the lazy thralls,
cooks and sutlers!   By the Cross, T1da,
I loved him no less than any lord with him;
and a poor freeman may prove in the end
more tough when tested than titled earls
who count back their kin to kings ere Woden.

TÍDWALD

You can talk, Totta!   Your time'll come,
and it'll look less easy than lays make it.
Bitter taste has iron, and the bite of swords
is cruel and cold, when you come to it.
Then God guard you, if your glees falter!
When your shield is shivered, between shame and death
is hard choosing.   Help me with this one!
There, heave him over — the hound's carcase,
hulking heathen!

Torhthelm

Tída, cubra-o!
Tire a luz daí! Ele olhou para mim.
Olhos horrendos, ocos e maldosos
como à lua os de Grendel.

Tídwald

É, fulano feio,
Mas nada faz mais. Daneses só matam
co' espadas e piques. Podem sorrir,
se os levou o diabo. Vamos, puxe o outro!

Torhthelm

Repare! Uma perna! Pesa um bocado,
De coxa maciça.

Tídwald

É como pensei.
Incline a cabeça e cale a matraca
um momento, Totta! É o mestre, enfim.

Faz-se silêncio por um curto instante.

Bem, aqui está — ou aquilo que sobrou:
pernas mais compridas por perto não há.

Torhthelm
(A voz dele se levanta num cântico.)
Alta era sua fronte mais que elmo de reis
com coroas pagãs, mais feroz coração
e puro espírito que espadas de heróis
alvas e únicas; o ouro forjado
excedia em preço. Deixa o mundo
príncipe sem-par em paz ou guerra,
de mente justa e mão aberta,
qual nobres eram noutros tempos.
Leva-o Deus na luz da glória,
Beorhtnoth amado.

TORHTHELM

Hide it, Tída!
Put the lantern out!   He's looking at me.
I can't abide his eyes, bleak and evil
as Grendel's in the moon.

TÍDWALD

Ay, he's a grim fellow,
but he's dead and done-for.   Danes don't trouble me
save with swords and axes.   They can smile or glare,
once hell has them.   Come, haul the next!

TORHTHELM

Look! Here's a limb!   A long yard, and thick
as three men's thighs.

TÍDWALD

I thought as much.
Now bow your head, and hold your babble
for a moment Totta!   It's the master at last.

There is silence for a short while.

Well, here he is — or what Heaven's left us:
the longest legs in the land, I guess.

TORHTHELM

(His voice rises to a chant.)
His head was higher than the helm of kings
with heathen crowns, his heart keener
and his soul dearer than swords of heroes
polished and proven; than plated gold
his worth was greater.   From the world has passed
a prince peerless in peace and war,
just in judgement, generous-handed
as the golden lords oflong ago.
He has gone to God glory seeking,
Beorhtnoth beloved.

O REGRESSO DE BEORHTNOTH, FILHO DE BEORHTHELM

TÍDWALD

Bravo, menino!
A trama das trovas inda tem valor
para um peito que pesa.   Mas não é pouco o trabalho
antes do enterro.

TORHTHELM

Tída, achei!
Está aqui a espada!   Posso até jurar
pelo punho que reluz.

TÍDWALD

Alegra-me saber.
Nem sei como aí ficou.   O corpo desfiguraram.
Outros traços não se acham nele;
restou tão pouco do patrão que foi.

TORHTHELM

Ah, lástima e além!   Lobos gentios
cortam-lhe a cabeça e o corpo nos deixam,
crivam-no com machados.   Que crime é este,
contenda maldita!

TÍDWALD

É, batalha é isso,
Tão aguda hoje quanto as guerras antigas,
quando Fróda fero e Finn morreram.
O mundo gemeu, há gemidos hoje:
pode ouvir o pranto no arpejo d'harpa.
Agora, força!   Carreguemos juntos
os tristes restolhos.   Tome, as pernas!
Levante — devagar!   Levante, isso!

Vão balançando lentamente.

TORHTHELM

Ainda me é caro este corpo morto,
Apesar das feridas.

144

ÁRVORE E FOLHA

TÍDWALD

Brave words, my lad!
The woven staves have yet worth in them
for woeful hearts.   But there's work to do,
ere the funeral begins.

TORHTHELM

I've found it, Tída!
Here's his sword lying!   I could swear to it
by the golden hilts.

TÍDWALD

I'm glad to hear it.
How it was missed is a marvel.   He is marred cruelly.
Few tokens else shall we find on him;
they've left us little of the lord we knew.

TORHTHELM

Ah, woe and worse!   The wolvish heathens
have hewn off his head, and the hulk lett us
mangled with axes.   What a murder it is,
this bloody fighting!

TÍDWALD

Aye, that's battle for you,
and no worse today than wars you sing of,
when Fróda fell, and Finn was slain.
The world wept then, as it weeps today:
you can hear the tears through the harp's twanging.
Come, bend your back!   We must bear away
the cold leavings. Catch hold of the legs!
Now lift — gently!   Now lift again!

They shuffle along slowly.

TORHTHELM

Dear still shall be this dead body,
though men have marred it.

145

A voz de Torhthelm se ergue de novo num cântico.

> Chorai para sempre,
> Saxões e ingleses, do agreste mar
> à mata do poente!   O muro desaba,
> mulheres choram; eleva-se a chama
> na floresta escura, qual farol ao longe.
> Estenda-se o teso, proteja-lhe os ossos!
> Agora será guarda de gládio e elmo;
> e armadura d'ouro será dada ao chão,
> e nobre vestimenta e anéis luzentes,
> riqueza farta para o caro mestre;
> dos amigos dos homens o mais altivo,
> no fogo de seu lar infalível auxílio,
> para seu povo um príncipe, pai das gentes.
> A glória amou; ora a glória cobre
> o verde de sua tumba e vive sempre
> enquanto dor ou verso durem no mundo.

Tídwald

Menestrel Totta, que trovas bonitas!
Valeu seu labor nas longas noites,
A sós em vigília, assim os sábios dormiam.
Já eu quero descanso, quedo a pensar.
São tempos cristãos, e triste é a cruz:
Beorhtnoth se foi, não Béowulf antigo:
piras não terá, nem se empilham tesos;
será dado o ouro à abadia santa.
Que os monges chorem e a missa cantem!
Com latim terno tragam-no à morada,
se pudermos levá-lo.   Que duro trabalho!

Torhthelm

Gente morta pesa.   Espere um instante!
As costas doem, e fiquei sem fôlego.

Torhthelm's voice rises again to a chant.

Now mourn for ever
Saxon and English, from the sea's margin
to the western forest! The wall is fallen,
women are weeping; the wood is blazing
and the fire flaming as a far beacon.
Build high the barrow his bones to keep!
For here shall be hid both helm and sword;
and to the ground be given golden corslet,
and rich raiment and rings gleaming,
wealth unbegrudged for the well-beloved;
of the friends of men first and noblest,
to his hearth-comrades help unfailing,
to his folk the fairest father of peoples.
Glory loved he; now glory earning
his grave shall be green, while ground or sea,
while word or woe in the world lasteth.

TÍDWALD
Good words enough, gleeman Totta!
You laboured long as you lay, I guess,
in the watches of the night, while the wise slumbered.
But I'd rather have rest, and my rueful thoughts.
These are Christian days, though the cross is heavy;
Beorhtnoth we bear not Beowulf here:
no pyres for him, nor piling of mounds;
and the gold will be given to the good abbot.
Let the monks mourn him and mass be chanted!
With learned Latin they'll lead him home,
if we can bring him hack. The body's weighty!

TORHTHELM
Dead men drag earthward. Now down a spell!
My back's broken, and the breath has left me.

Tídwald

Teria mais alento se falasse menos.
Aperte o passo, está perto a carroça!
Vamos, comigo, avante agora!
Mantenha-se firme.

Torhthelm para de repente.

Seu tonto desastrado,
Cuidado aonde vai!

Torhthelm

Por Deus, Tída!
Aqui, pare! Escute e olhe só!

Tídwald

Olhar onde, rapaz?

Torhthelm

Ali, à esquerda.
Uma sombra se esgueira, assoma adiante
escura feito o céu, quieta e curvada!
Agora são duas!   Digo que são trols,
ou demônios do inferno.   Mexem-se duros,
agacham-se tortos com garras por mãos.

Tídwald

São só sombras sem nome — mais nada verei
se não vêm mais perto.   Sua vista é de bruxo
se distingue nas trevas trasgos de homens.

Torhthelm

É só escutar, Tída!   Aquietaram as vozes,
há gemidos, murmúrios, dissimulam riso.
Estão vindo aqui!

Tídwald

Sim, vejo agora,
já escuto algo.

Tídwald

If you spent less in speech, you would speed better.
But the cart's not far, so keep at it!
Now start again, and in step with me!
A steady pace does it.

Torhthelm halts suddenly.

You stumbling dolt,
Look where you're going!

Torhthelm

For the Lord's pity,
halt, Tída, here! Hark now, and look!

Tídwald

Look where, my lad?

Torhthelm

To the left yonder.
There's a shade creeping, a shadow darker
than the western sky, there walking crouched!
Two now together! Troll-shapes, I guess,
or hell-walkers. They've a halting gait,
groping groundwards with grisly arms.

Tídwald

Nameless nightshades — naught else can I see,
till they walk nearer. You're witch-sighted
to tell fiends from men in this foul darkness.

Torhthelm

Then listen, Tída! There are low voices,
moans and muttering, and mumbled laughter.
They are moving hither!

Tídwald

Yes, I mark it now,
I can hear something.

Torhthelm

Esconda a lanterna!

Tídwald

Deixe o corpo e deite-se do lado!
Quieto feito pedra!   Passos já se ouvem.

*Eles se agacham no chão. O som de passos furtivos vai ficando
mais alto e mais próximo. Quando estão bem perto, Tídwald grita
de repente:*

Aí estão, rapazes!   Com atraso chegam,
se briga desejam; mas bem posso dá-la,
se a querem agora.   Caro vai custar.

*Há um barulho de confusão no escuro. Então ouve-se um urro.
A voz de Torhthelm reboa, estridente.*

Torhthelm

Seu suíno imundo, eu mato você!
Tome essa, então!   Tída, veja!
Matei este aqui.   Não rasteja mais.
Se queria espadas, a ponta achou logo,
direto na cara.

Tídwald

Meu terror dos trols!
Empresta coragem com a espada de Beorhtnoth?
Melhor limpá-la!   E apresta o juízo!
Tal arma foi feita para usos melhores.
Foi desnecessário: um soco no nariz,
ou bota no traseiro, e a briga acabou
com gente assim.   Desgraçados são,
mas por que matá-los e bater no peito?
Já não faltam mortos.   Se fosse um danês,
você podia gritar — e há bastantes deles
não muito longe, imundos bandidos:

ÁRVORE E FOLHA

Torhthelm

Hide the lantern!

Tídwald

Lay down the body and lie by it!
Now stone-silent!   There are steps coming.

They crouch on the ground. The sound of stealthy steps grows louder and nearer. When they are close at hand Tídwald suddenly shouts out:

Hullo there, my lads!   You're late comers,
if it's fighting you look for; but I can find you some,
if you need it tonight.   You'll get nothing cheaper.

There is a noise of scuffling in the dark. Then there is a shriek. Torhthelm's voice rings out shrill.

Torhthelm

You snuffling swine, I'll slit you for it!
Take your trove then!   Ho!   Tída there!
I've slain this one.   He'll slink no more.
If swords he was seeking, he soon found one,
by the biting end.

Tídwald

My bogey-slayer!
Bold heart would you borrow with Beorhtnoth's sword?
Nay, wipe it clean!   And keep your wits!
That blade was made for better uses.
You wanted no weapon: a wallop on the nose,
or a boot behind, and the battle's over
with the likes of these.   Their life's wretched,
but why kill the creatures, or crow about it?
There are dead enough around.   Were he a Dane, mind you,
I'd let you boast — and there's lots abroad
not far away, the filthy thieves:

detesto-os todos, gentios ou molhados,
raça demoníaca.

TORHTHELM

Daneses, você diz!
Quase esqueço deles.   Meu caro, vamos!
Talvez haja aqui outros dos malditos.
Vai desabar sobre nós o bando de piratas
Se escutarem a briga.

TÍDWALD

Quanta valentia!
Estes não eram nortistas!   Por que nortistas viriam?
Aqueles já estão fartos de afronta e sangue
e pegaram os despojos: o lugar está vazio.
Em Ipswich estão e se enchem de cerveja,
ou perto de Londres em suas proas longas,
bebendo a Thor e a tristeza afogando,
filhos do inferno.   É mofina a gente
que você matou, coitados sem mestre.
São ladrões de corpos: maldito ofício
e imensa vergonha.   Está tremendo por quê?

TORHTHELM

Para casa, meu caro!   Cristo me perdoe,
e a estes dias malignos, quando deixam ao léu
corpos humanos, e por medo e fome
a gente arremeda o jeito dos lobos,
sem pena dos mortos rapinam e fogem!
Olhe só lá adiante!   Uma sombra esguia,
outro dos tratantes.   Ataque o canalha!

TÍDWALD

Não, deixe estar!   Ou a trilha perderemos.
Estou bem inseguro, já vagamos muito.
Um ataque a dois contrários ele não vai tentar.
Levante o seu lado!   Levante, repito.
Vamos em frente.

I hate 'em, by my heart, heathen or sprinkled,
the Devil's offspring.

TORHTHELM

   The Danes, you say!
Make haste! Let's go! I'd half forgotten.
There may be more at hand our murder plotting.
We'll have the pirate pack come pouring on us,
if they hear us brawling.

TÍDWALD

   My brave swordsman!
These weren't Northmen!   Why should Northmen come?
They've had their fill of hewing and fighting,
and picked their plunder: the place is bare.
They're in Ipswich now with the ale running,
or lying off London in their long vessels,
while they drink to Thor and drown the sorrow
of hell's children.   These are hungry folk
and masterless men, miserable skulkers.
They're corpse-strippers: a cursed game
and shame to think of.   What are you shuddering at?

TORHTHELM

Come on now quick!   Christ forgive me,
and these evil days, when unregretted
men lie mouldering, and the manner of wolves
the folk follow in fear and hunger,
their dead unpitying to drag and plunder!
Look there yonder!   There's a lean shadow,
a third of the thieves.   Let's thrash the villain!

TÍDWALD

Nay, let him alone!   Or we'll lose the way.
As it is we've wandered, and I'm bewildered enough.
He won't try attacking two men by himself.
Lift your end there!   Lift up, I say.
Put your foot forward.

TORHTHELM

Vê algo, Tída?
Não tenho noção, nestas sombras da noite,
onde ficou a carroça.   Como quero voltar!

Caminham balançando, sem falar, por algum tempo.

Cuidado, homem!   Há água aqui perto;
vai desabar pela beira.   Eis o Blackwater!
Se a gente escorrega, no rio afunda
feito dois tontos — e é forte a torrente.

TÍDWALD

Chegamos à rampa.   A carroça está perto,
avante, rapaz.   Levando-o até ali,
mais uns passos só, já passa o pior.

Andam mais alguns passos.

Cabeça de Edmund! embora a sua lhe falte,
não é leve o duque.   Largue-o no chão!
O carro cá está.   Quero tanto beber
à memória dele sem mais problemas,
mas não vou poder.   A cerveja que nos dava
era boa e basta, bebida que ao peito
ânimo trazia.   Suei demais.
Um instante só.

TORHTHELM

(*Depois de uma pausa.*)   Que estranho, sabe,
como eles passaram assim pela rampa,
ou abriram caminho sem muita luta?
Sinais de batalha restaram poucos.
Um monturo de gentios devia estar aqui,
mas nenhum há por perto.

TORHTHELM

Can you lind it, Tída?
I haven't a notion now in these nightshadows
where we left the waggon.   I wish we were back!

They shuffle along without speaking for a while.

Walk wary, man!   There's water by us;
you'll blunder over the brink.   Here's the Blackwater!
Another step that way, and in the stream we'd be
like fools floundering — and the flood's running.

TÍDWALD

We've come to the causeway.   The catt's near it,
so courage, my boy.   If we can carry him on
few steps further, the first stage is passed.

They move a few paces more.

By Edmund's head! though his own's missing,
our lord's not light.   Now lay him down!
Here's the waggon waiting.   I wish we could drink
his funeral ale without futther trouble
on the bank right here.   The beer he gave
was good and plenty to gladden your heart,
both strong and brown.   I'm in a stew of sweat.
Let's stay a moment.

TORHTHELM

(After a pause.)   *It's strange to me*
how they came across this causeway here,
or forced a passage without fierce battle;
but there are few tokens to tell of fighting.
A hill of heathens one would hope to find,
but none lie near.

O REGRESSO DE BEORHTNOTH, FILHO DE BEORHTHELM

Tídwald

Que pena, aliás.
Ai de nós, amigo, do mestre é a culpa,
ou em Maldon, hoje, é o que muitos diziam.
Foi soberba de príncipe!   Mas o soberbo se foi,
e perdeu-se o príncipe, então preze sua honra.
À hoste deu passagem, tão sôfrego estava
por dar aos poetas grandiosas canções.
Nobreza insensata.   Que insana ideia:
deter as flechas, deixar franca a ponte,
poucos contra muitos, mãos que fraquejam!
Da sina zombou e assim pereceu.

Torhthelm

Tomba o último da estirpe de nobres,
de longa linhagem, valentes saxões
que os mares passaram, como canções dizem,
de Angel no Leste, com ávida espada
e martelo de guerra os bretões vencendo.
Reinos conquistaram e terras vastas,
em tempos de antanho toda esta ilha.
E agora do Norte volta o grito atroz:
o vento da guerra varre a Bretanha!

Tídwald

E o frio desse vento nos faz tão mal
quanto aos pobres antigos.   Que os menestréis toquem,
mas que morram os piratas!   Quando arrancam do pobre
a leiva que lavra, que louva e ama,
é seu corpo que a aduba.   Não cantam sua morte,
e consortes e filhos servos se tornam.

Torhthelm

Mas nosso Æthelred, acho, há de ser
presa mais fera do que foi Wyrtgeorn;

TÍDWALD

No, more's the pity.
Alas, my friend, our lord was at fault,
or so in Maldon this morniog men were saying.
Too proud, too princely!   But his pride's cheated,
and his princedom has passed, so we'll praise his valour.
He let them cross the causeway, so keen was he
to give minstrels matter for mighty songs.
Needlessly noble.   It should never have been:
bidding bows be still, and the bridge opening,
matching more with few in mad handstrokes!
Well, doom he dared, and died for it.

TORHTHELM

So the last is fallen of the line of earls,
from Saxon lords long-descended
who sailed the seas, as songs tell us,
from Angel in the East, with eager swords
upoo war's anvil the Welsh smiting.
Realms here they won and royal kingdoms,
and in olden days this isle conquered.
And now from the North need comes again:
wild blows the wind of war to Britain!

TÍDWALD

And in the neck we catch it, and are nipped as chill
as poor men were then.   Let the poets babble,
but perish all pirates! When the poor are robbed
and lose the land they loved and toiled on,
they must die and dung it.   No dirge for them,
and their wives and children work in serfdom.

TORHTHELM

But Althelred'll prove less easy prey
than Wyrtgeorn was; and I'll wager, too,

e Anlaf do Norte ínclito não será
como Hengest e Horsa![7]

TÍDWALD

Rezo para que não seja!
Venha, vamos lá, levante de novo,
acabemos com isso.   Boa, vire-o!
Segure as pernas agora, e eu agarro os ombros.
Isso, erga aí!   Isso!   E pronto.
Ponha em cima o lenço.

TORHTHELM

Linho devia ser,
não suja coberta.

TÍDWALD

É só o que temos.
Os monges esperam em Maldon por nós,
e o abade com eles.   Já basta de atrasos.
Entre aí! Seus olhos podem chorar,
seus lábios recitar.   Eu toco os cavalos.
Upa, meninos. (*Estala um chicote.*) Upa, vamos!

TORHTHELM

Que Deus nos guie em segura rota!

*Há uma pausa, durante a qual se escutam rangidos e gemidos
de rodas.*

Como gemem essas rodas!   Os rangidos se ouvem
por milhas a fio, sobre mata e pedra.

Uma pausa mais longa, na qual ninguém pronuncia palavra.

---

[7] Irmãos lendários que teriam liderado a conquista da Inglaterra por tribos germânicas após o fim do Império Romano. [N. T.]

this Anlaf of Norway will never equal
Hengest or Horsa!

TÍDWALD

We'll hope not, lad!
Come, lend your hand to the lifting again,
then your task is done.   There, turn him round!
Hold the shanks now, while I heave the shoulders.
Now, up your end!   Up!   That's finished.
There cover him with the cloth.

TORHTHELM

It should be clean linen
not a dirty blanket.

TÍDWALD

It must do for now.
The monks are waiting in Maldon for us,
and the abbot with them.   We're hours behind.
Get up now and in!   Your eyes can weep,
or your mouth can pray.   I'll mind the horses.
Gee up, boys, then. (He cracks a whip.) *Gee up, and away!*

TORHTHELM

God guide our road to a good ending!

There is a pause, in which a rumbling and a creaking of wheels
is heard.

How these wheels do whine! They'll hear the creak
for miles away over mire and stone.

A longer pause in which no word is spoken.

159

O REGRESSO DE BEORHTNOTH, FILHO DE BEORHTHELM

Aonde vamos primeiro?   É muito longe?
Já acaba a noite, e estou quase morto...
Ei, Tída, Tída! Tem uma trava na língua?

TÍDWALD

A lábia se foi.   Minha língua descansa.
"Aonde vamos", perguntou?   Questão boba!
Até Maldon e os monges, e então milhas além,
para Ely e a abadia.   Uma hora acaba;
mas a estrada é atroz nestes tristes dias.
Sem descanso ainda!   Cama é o que queria?
O melhor que terá é um lado da carroça
e de almofada o corpo.

TORHTHELM

Que ofensa, Tída.

TÍDWALD

Só fui direto.   Se eu fosse um poeta:
"Deitei minha testa triste em seu peito,
e com pranto e pesar pus-me a dormir;
unidos viajamos, nobre mestre
e servo fiel, por cerro e charco,
rumo à sua tumba e à minha eterna dor",
diria assim,   e não seria ofensa.
O peito e a cabeça me pesam, Totta.
Choro por você, choro também por mim.
Durma então!   Durma!   A sua desdita
o morto não sente, nem a má estrada.

Ele fala com os cavalos.

Força, meninos!   Em frente vamos!
Em breve tem comida e belos estábulos,
pois os monges são gentis.   Que as milhas passem!

O rangido e o balanço da carroça e o som dos cascos, conti-nuam por algum tempo, durante o qual ninguém diz palavra.

Where first do we make for?   Have we far to go?
The night is passing, and I'm near finished ...
Say, Tída, Tída! is your tongue stricken?

TÍDWALD

I'm tired of talk.   My tongue's resting.
'Where first' you say?   A fool's question!
To Maldon and the monks, and then miles onward
to Ely and the abbey.   It'll end sometime;
but the roads are bad in these ruinous days.
No rest for you yet!   Were you reckoning on bed?
The best you'll get is the bottom of the cart
with his body for bolster.

TORHTHELM

You're a brute, Tída.

TÍDWALD

It's only plain language.   If a poet sang you:
'I bowed my head on his breast beloved,
and weary of weeping woeful slept I;
thus joined we journeyed, gentle master
and faithful servant, over fen and boulder
to his last resting and love's ending',
you'd not call it cruel.   I have cares of my own
in my heart, Totta, and my head's weary.
I am sorry for you, and for myself also.
Sleep, lad, then!   Sleep!   The slain won't trouble,
if your head be heavy, or the wheels grumble.

He speaks to the horses.

Gee up, my boys!   And on you go!
There's food ahead and fair stables,
for the monks are kind.   Put the miles behind!

The creaking and rattling of the waggon, and the sound of hoofs,
continue for some time, during which no words are spoken.

Depois de certo intervalo, luzes bruxuleiam ao longe. Torhthelm
fala de dentro da carroça, com voz incerta e meio sonhando.

TORHTHELM
Há velas no escuro e vozes frias.
Pela morte do mestre missa cantam
na ilha de Ely. As eras passam,
homens após homens. Ouve-se o pranto,
murmúrio de mulheres. O mundo passa;
Dias seguem dias, adere a poeira
à tumba do duque, o tempo a devora,
e seus parentes perecem ao redor.
Apagam-se os homens, perdem-se no breu.
O mundo murcha e o esmaga o vento;
as velas se vão. Vem a noite.

A luz desaparece enquanto ele fala. A voz de Torhthelm se torna
mais alta, mas ainda é a voz de alguém falando num sonho.

Há treva! Há treva, e chega o atroz fado!
A luz ninguém leva? Uma luz acendam,
e a flama soprem! Sus! Fogo desperta,
lareira arde, morada ilumina,
ajuntam-se homens. Emergindo das brumas,
portas cruzam onde os espera o fado.
Ouça! Escuto as vozes que no átrio entoam
palavras duras e solenes votos.
(*Ele entoa*) Coração mais ousado, mais aceso propósito,
Mais fero o espírito se a força fenece!
Mente que não teme nem muda o ânimo
quando atroz é a sina, e a treva vence!

Acontece uma grande pancada, sacudindo a carroça.

Ei! Que pancada, Tída! Chacoalham meus ossos,
quebrou-se o meu sonho. Tenebroso frio!

After a while lights glimmer in the distance. Torhthelm speaks from the waggon, drowsily and half dreaming.

TORHTHELM

There are candles in the dark and cold voices.
I hear mass chanted for master's soul
in Ely isle.   Thus ages pass,
and men after men.   Mourning voices
of women weeping.   So the world passes;
day follows day, and the dust gathers,
his tomb crumbles, as time gnaws it,
and his kith and kindred out of ken dwindle.
So men flicker and in the mirk go out.
The world withers and the wind rises;
the candles are quenched.   Cold fulls the night.

The lights disappear as he speaks. Torhthelm's voice becomer louder, but it is still the voice of one speaking in a dream.

It's dark! It's dark, and doom coming!
Is no light left us?   A light kindle,
and fan the Harne!   Lo!   Fire now wakens,
hearth is burning, house is lighted,
men there gather.   Out of the mists they come
through darkling doors whereat doom waiteth.
Hark!   I hear them in the hall chanting:
stem words they sing with strong voices.
(He chants) *Heart shall be bolder, harder be purpose,*
more proud the spirit as our power lessens!
Mind shall not falter nor mood waver,
though doom shall come and dark conquer.

There is a great bump and jolt of the cart.

Hey! what a bump, Tida!   My bones are shaken,
and my dream shattered.   It's dark and cold.

TÍDWALD

É, pancada nos ossos acaba com os sonhos,
despertar dá frio.   Mas estranhas palavras
ouvi de você, de vento falando,
de atroz sina e treva que vence.
Falas ferozes que inflamam o peito,
coisa de gentio; não me caem bem.
De fato é noite, mas o fogo não arde:
a treva a tudo cobre, enterra-se o mestre.
Chegando o dia, será igual aos outros:
mais labuta e perda se abatem sobre a terra;
guerra e trabalho que esgotam o mundo.

A carroça range e sofre outra pancada.

Ei! tromba e chacoalha em cascalho e buraco!
Rude é a estrada e não resta descanso
pros homens anglos que a Æthelred seguem.

O rangido da carroça vai sumindo. Faz-se silêncio completo por um instante. Devagar, o som de vozes cantando começa a se ouvir. Logo depois as palavras, ainda que distantes, podem ser distinguidas.

Dirige Domine, in conspectu tuo viam meam.
Introibo in domum tuam: adorabo ad templum
Sanctum tuum in timore tuo.

(Uma Voz no escuro):

Tão tristes cantam os monges de Ely!
Remai, remai! Que seu canto nos vele!

O canto se faz claro e alto. Monges, carregando uma padiola, passam pelo palco.

TÍDWALD

Aye, a bump on the bone is bad for dreams,
and it's cold waking.   But your words were queer,
Torhthelm my lad, with your talk of wind
and doom conquering and a dark ending.
It sounded fey and fell-hearted,
and heathenish, too: I don't hold with that.
It's night right enough; but there's no firelight:
dark is over all, and dead is master.
When morning comes, it'll be much like others:
more labour and loss till the land's ruined;
ever work and war till the world passes.

The cart rumbles and bumps on.

> *Hey! rattle and bump over rut and boulder!*
> *The roads are rough and rest is short*
> *for English men in Æthelred's day.*

The rumbling of the cart dies away. There is complete silence
for a while. Slowly the sound of voices chanting begins to be
heard. Soon the words, though faint, can be distinguished.

> *Dirige, Domine, in conspectu tuo viam meam.*
> *Introibo in domum tuam: adorabo ad templum*
> *Sanctum tuum in timore tuo.*

(A Voice in the dark):

> *Sadly they sing, the monks of Ely isle!*
> *Row men, row! Let us listen here a while!*

The chanting becomeJ loud and clear. Monks bearing a bier
amid tapers pass across the scene.

Dirige, Domine, in conspectu tuo viam meam.[8]
Introibo in domum tuam: adorabo ad templum sanctum
tuum in timore tuo.
Domine, deduc me in iustitia tua: propter inimicos meos
dirige in conspectu tuo viam meam.
Gloria Patri et Filio et Spiritui Sancto: sicut erat in
principio et nunc et semper et in saecula saeculorum.
Dirige, Domine, in conspectu tuo viam meam.

Eles passam, e o cântico diminui até que se faça silêncio.

---

[8]"Guia, Senhor, diante de tua vista o meu caminho. Entrarei na tua casa: ado-
rarei no teu templo santo, no temor de ti. Senhor, conduze-me na tua justiça
por causa de meus inimigos, guia diante de tua vista o meu caminho. Glória ao
Pai, ao Filho e ao Espírito Santo: como era no princípio, agora e sempre e nos
séculos dos séculos. Guia, Senhor, diante de tua vista o meu caminho." [N. T.]

Dirige, Domine, in conspectu tuo viam meam.
Introibo in domum tuam: adorabo ad templum sanctum
   tuum in timore tuo.
Domine, deduc me in iustitia rna: propter inimicos meos
dirige in conspectu tuo viam meam.
Gloria Patri et Filio et Spiritui Sancto: sicut erat in
prindpio et nunc et semper et in saecula saeculorum.
Dirige, Domine, in conspectu tuo viam meam.

They pass, and the chanting fades into silence.

(III)

OFERMOD

Este trabalho, um pouco maior que o fragmento em inglês antigo que o inspirou, foi escrito principalmente como poesia para que seja condenado ou aprovado como tal.[9] Mas, para merecer um lugar em *Essays and Studies*, suponho que ele deva conter, ao menos de modo implícito, uma crítica da matéria e do estilo do poema em inglês antigo (ou de seus críticos).

Desse ponto de vista, pode-se dizer que o texto é um comentário mais longo sobre os versos 89 e 90 do original: *ða se eorl ongan for his ofermode alyfan landes to fela laþere ðeode*, "então o nobre, em sua soberba avassaladora, acabou cedendo terreno ao inimigo, o que não deveria ter feito". *A Batalha de Maldon* normalmente é considerada um comentário mais longo ou uma ilustração das palavras do velho vassalo Beorhtwold nos versos 312 e 313, citadas anteriormente e usadas na presente obra. São os versos mais conhecidos do poema e, possivelmente, de todo o cancioneiro em inglês antigo. Contudo, exceto pela excelência de expressão, eles me parecem de menor interesse que os versos anteriores; de qualquer modo, a força completa do poema se perde, a menos que as duas passagens sejam consideradas juntas.

As palavras de Beorhtwold costumam ser consideradas a melhor expressão do espírito heroico do Norte, seja ele escandinavo ou inglês: a afirmação mais clara da doutrina da resistência extrema a serviço da vontade indômita. O poema como um todo costuma ser chamado de "o único puramente heroico em inglês antigo que chegou até nós". Tal doutrina, porém, aparece com essa clareza e pureza (aproximada) precisamente porque é colocada na boca de um subordinado, um homem para quem o objetivo de sua vontade era decidido por outro, que não tinha responsabilidades

---

[9]De fato, há a clara intenção de que funcione como uma recitação para duas pessoas, duas formas em "vaga sombra", com a ajuda de alguns lampejos de luz, ruídos apropriados e o cantochão no fim. É claro que nunca teve uma montagem. [N. A.]

para com os de baixo, apenas lealdade para com os acima dele. Nesse homem, portanto, o orgulho pessoal estava em seu nível mais baixo, e o amor e a lealdade, no nível mais alto.

Pois esse "espírito heroico do Norte" nunca é de todo puro: feito de ouro como é, trata-se de uma liga. Se não houvesse a mistura, ele levaria um homem a aguentar até mesmo a morte sem pestanejar, quando necessário: isto é, quando a morte pode ajudar na realização de algum objetivo da vontade, ou quando a vida só pode ser resgatada pela negação daquilo pelo qual se luta. Mas, uma vez que tal conduta é considerada admirável, a liga que envolve também o bom nome pessoal nunca está de todo ausente. Assim, o guerreiro Léofsunu, em *A Batalha de Maldon*, agarra-se à sua lealdade por causa do medo da reprovação caso retorne vivo para casa. Essa motivação, claro, pode não ir muito além da simples "consciência": o autojulgamento à luz da opinião de seus pares, com a qual o próprio "herói" concorda totalmente; ele agiria do mesmo modo se não houvesse testemunhas.[10] Contudo, esse elemento de orgulho, na forma do desejo por honra e glória, durante a vida e após a morte, tende a crescer, a se tornar a motivação principal, empurrando um homem para além da desolada necessidade heroica — rumo ao cavalheirismo. E certamente ao "excesso", mesmo quando ele é aprovado pela opinião dos contemporâneos, quando isso não apenas vai além da necessidade e do dever, mas interfere com ambos.

Assim, o herói Beowulf (de acordo com as motivações atribuídas a ele pelo estudioso do caráter heroico-cavalheiresco que escreveu o poema a seu respeito) vai além do necessário, deixando de lado as armas para que seu confronto com o monstro Grendel seja uma luta "com espírito esportivo": isso aumentará sua glória pessoal, embora o coloque em perigo desnecessário e enfraqueça suas chances de livrar os daneses de um desastre intolerável. Mas Beowulf não tem dever algum para com os daneses, pois ainda é um subordinado sem responsabilidades para com os de baixo: e sua glória também é a honra de seu povo, os

---

[10]Ver *Sir Gawain e o Cavaleiro Verde*. [N. A.]

— O REGRESSO DE BEORHTNOTH, FILHO DE BEORHTHELM —

geatas; acima de tudo, como ele mesmo diz, é algo que dará crédito ao senhor a quem jurou lealdade, Hygelac. Contudo, ele não deixa de lado seu cavalheirismo, e o excesso persiste, mesmo quando já é um rei idoso, sobre o qual todas as esperanças de um povo repousam. Não se digna a liderar uma força de guerreiros contra o dragão, tal como a sabedoria poderia levar até mesmo um herói a fazer; pois, como ele explica numa longa passagem de "vanglória", suas muitas vitórias o livraram do medo. Acaba usando uma espada nessa ocasião, já que lutar com as mãos nuas e sozinho contra um dragão é impossível até para o espírito cavalheiresco. Beowulf é salvo da derrota e atinge-se o objetivo essencial, a destruição do dragão, apenas por meio da lealdade de um subordinado. O cavalheirismo de Beowulf, se não fosse por isso, teria terminado apenas com a sua própria morte inútil, com o dragão ainda à solta. Da maneira como as coisas se dão, um subordinado sofre um perigo maior do que o necessário e, embora não pague o preço da *mōd* de seu mestre com a própria vida, o povo perde seu rei de modo desastroso.

Em *Beowulf*, temos apenas uma lenda sobre o "excesso" de um nobre. O caso de Beorhtnoth é ainda mais marcante, mesmo visto apenas como uma estória; mas também é tirado da vida real por um autor contemporâneo. Aqui temos Hygelac se comportando como o jovem Beowulf: planejando uma "luta com espírito esportivo" em termos iguais; mas às custas de outras pessoas. Nessa situação, ele não era um subordinado, mas a autoridade a ser obedecida naquele local; e era responsável por todos os homens sob suas ordens, para não desperdiçar as vidas deles, exceto com um único objetivo, a defesa do reino contra um inimigo implacável. Ele mesmo diz que seu propósito é defender o reino de Æthelred, o povo e a terra (versos 52–3). Era heroico da parte dele e de seus homens lutar até a aniquilação, se necessário, na tentativa de destruir ou barrar os invasores. Foi totalmente descabido que ele tratasse uma batalha desesperada, com esse único objetivo real, como um confronto com espírito esportivo, para ruína de seu propósito e dever.

Por que Beorhtnoth fez isso? Devido a um defeito de caráter, sem dúvida; mas era um caráter, podemos supor, que não foi formado apenas pela natureza, mas moldado também pela "tradição aristocrática", preservada em contos e versos de poetas que agora se perderam, exceto por seus ecos. Beorhtnoth era mais cavalheiresco do que estritamente heroico. A honra era, em si mesma, uma motivação, e ele a buscou correndo o risco de colocar seu *heorðwerod*, todos os homens que lhe eram mais caros, numa situação verdadeiramente heroica, na qual só podiam se redimir pela morte. Magnífico, talvez, mas certamente errado. Insensato demais para ser heroico. E dessa insensatez Beorhtnoth, pelo menos, não podia se redimir completamente pela morte.

Isso foi reconhecido pelo poeta de *A Batalha de Maldon*, embora os versos nos quais sua opinião se expressa sejam pouco considerados ou minimizados. A tradução deles citada anteriormente é (creio eu) correta ao representar a força e as implicações de suas palavras, embora a maioria das pessoas esteja mais familiarizada com a tradução de Ker:[11] "então o nobre, por sua ousadia excessiva, cedeu terreno demais à gente odiosa".[12] De fato, esses são versos que contêm uma crítica *severa*, ainda que não incompatível com lealdade, e mesmo com amor. Canções de

---

[11]Tolkien se refere ao escocês William Paton Ker (1855–1923), professor de literatura inglesa que lecionou em várias universidades britânicas, inclusive em Oxford. [N. T.]

[12]*To fela* significa, como expressão idiomática do inglês antigo, que terreno algum deveria ter sido cedido. E *ofermod* não significa "ousadia excessiva", nem mesmo se atribuirmos valor completo ao prefixo *ofer* [ancestral do inglês moderno *over*], recordando como o gosto e a sabedoria dos ingleses rejeitava fortemente o "excesso" (quaisquer que fossem suas ações). *Wita scàl geþyldig... ne næfre gielpes to georn, ær he geare cunne.* [O homem sábio deve ser paciente... nem ávido demais por se vangloriar antes que compreenda bem.] Mas *mod*, embora seja um termo que possa conter ou implicar coragem, não significa "ousadia", não mais do que o termo em inglês médio *corage*. Significa "espírito" ou, quando não está acompanhado de qualificações, "espírito elevado", do qual a manifestação mais comum é o orgulho. Mas na forma *ofer-mod* ele está qualificado, com desaprovação: *ofermod* é, de fato, sempre uma palavra de condenação. Em poemas, esse substantivo ocorre apenas duas vezes, aplicado uma vez a Beorhtnoth e, na outra, a Lúcifer. [N. A.]

— O REGRESSO DE BEORHTNOTH, FILHO DE BEORHTHELM —

louvor a Beorhtnoth durante seu funeral podem muito bem ter sido compostas, não muito diferentes do lamento dos doze príncipes por Beowulf; mas elas também podem ter terminado com a nota agourenta soada pela última palavra do grande poema: *lofgeornost*, "mui desejoso de glória".

Até onde continua o fragmento de sua obra, o poeta de *Maldon* não elabora o argumento contido nos versos 89–90; ainda que, se o poema teve algum fecho bem azeitado e uma avaliação final do tema (como é possível, já que certamente não se trata de uma obra produzida de modo afoito), esse ponto provavelmente tenha sido retomado. Contudo, se ele sentiu a necessidade de criticar e expressar sua desaprovação de algum modo, então sua análise do comportamento do *heorðwerod* perde a agudeza e a qualidade trágica, que eram seu objetivo, se a crítica não receber o devido valor. Por meio dela, a lealdade dos seguidores ganha peso ainda maior. O papel deles era resistir e morrer, e não questionar, embora um poeta responsável por registrar a cena pudesse comentar, com justiça, que alguém havia cometido um erro sério. Na situação em que estavam, o heroísmo era algo magnífico. Seu senso de dever permaneceu intocado pelo erro de seu mestre, e (de modo mais pungente) nem mesmo no coração dos que eram próximos do velho guerreiro o amor foi diminuído. É o heroísmo da obediência e do amor, não aquele da soberba ou do voluntarismo, que é o mais heroico e o mais comovente; desde Wiglaf,[13] debaixo do escudo de seu parente, passando por Beorhtwold em Maldon até Balaclava, mesmo se essa virtude é cantada em versos que não sejam melhores que os de "A Carga da Brigada Ligeira".[14]

---

[13]Personagem do poema *Beowulf* que acompanha o herói-título em sua batalha final contra o dragão. [N. T.]

[14]Poema do britânico Alfred Tennyson que celebra o ataque desastroso da cavalaria de seu país na Batalha de Balaclava, durante a Guerra da Crimeia, em 1854. [N. T.]

Beorhtnoth estava errado e morreu por causa de sua insensatez. Mas foi um nobre erro ou o erro de um nobre. Não cabia a seu *heorðwerod* culpá-lo; provavelmente muitos deles não achariam que ele era culpável, sendo eles mesmos nobres e cavalheirescos. Mas os poetas, como tal, estão acima do cavalheirismo, ou mesmo do heroísmo; e, se alcançam alguma profundidade ao tratar tais temas, então esse "espírito" e os objetivos que busca serão questionados, mesmo apesar dos próprios autores.

Temos dois poetas que analisam longamente o heroico e o cavalheiresco, usando tanto arte como meditação nas eras mais antigas: um perto do começo, em *Beowulf*, e outro perto do fim desse período, em *Sir Gawain*. E, provavelmente, um terceiro, mais perto do meio, em *Maldon*, se tivéssemos toda a sua obra. Não é surpreendente que qualquer consideração da obra de um deles conduza à dos outros. *Sir Gawain*, a mais tardia, também é a mais completamente consciente, e é clara a intenção de criticar ou avaliar todo um código de sentimento e conduta, no qual a coragem heroica é apenas uma parte, que inclui diferentes lealdades. No entanto, é um poema com muitas semelhanças internas com *Beowulf*, mais profundas do que o uso da antiga métrica "aliterante",[15] a qual é, mesmo assim, algo significativo. Sir Gawain, como o grande exemplo de cavalheirismo, é retratado, claro, como alguém profundamente preocupado com sua própria honra e, embora as coisas consideradas honrosas possam ter mudado ou se expandido, a lealdade à palavra dada e ao senhor, bem como a coragem que não recua, permanecem. Essas virtudes são testadas em aventuras que não estão mais próximas da vida cotidiana do que Grendel ou o dragão; mas a conduta de Gawain se torna mais valiosa e mais digna de consideração, mais uma vez, porque ele é um subordinado. Envolve-se no perigo e enfrenta a perspectiva certa da morte simplesmente por lealdade e pelo desejo de garantir a segurança e a dignidade de

---

[15] É provavelmente a primeira obra a aplicar a palavra "letras" a essa métrica, a qual, na verdade, nunca as levou em conta. [N. A.]

seu soberano, o rei Arthur. E dele depende, em sua demanda, a honra de seu senhor e de seu *heorðwerod*, a Távola Redonda. Não é por acidente que, nesse poema, assim como em *Maldon* e em *Beowulf*, temos a crítica ao senhor, a quem cabe a vassalagem. As palavras são marcantes, embora menos marcantes do que o papel menor que costumam ter na crítica do poema (como também em *Maldon*). Contudo, assim falou a corte do grande rei Arthur, quando Sir Gawain partiu:

> Diante de Deus, é vergonha
> que tu, senhor, devas perder-te, que nesta terra és tão nobre!
> Entre os homens como ele não se acham iguais, por certo!
> Cuidar-se de dar-lhe mais valor e ajudá-lo seria sábio,
> e a tão caro e benquisto varão quiçá um ducado ofertar,
> ilustre líder de lordes que muito eleva este reino;
> assim seria melhor do que ao assassínio entregá-lo,
> decapitado por um homem-élfico em estranha vanglória.
> Quem já ouviu contar que tal curso um rei adotou,
> qual cavaleiros brincando de intrigas na corte de Natal![16]

Beowulf é um poema muito rico: existem, é claro, muitas outras facetas no modo como se descreve a morte do herói: e a consideração (esboçada anteriormente) dos valores cambiantes do cavalheirismo na juventude e na idade madura e mais responsável é apenas um ingrediente disso. Contudo, claramente é algo que está lá; e, embora a imaginação principal do autor estivesse agindo em caminhos mais amplos, a crítica do senhor que era o objeto da vassalagem é abordada.

---

[16] *Before God 'tis a shame / that thou, lord, must be lost, who art in life so noble! / To meet his match among men, Marry, 'tis not easy! / To behave with more heed would have behoved one of sense, / and that dear lord duly a duke to have made, / illustrious leader of liegemen in this land as befits him; / and that better would have been than to be butchered to death, / beheaded by an elvish man for an arrogant vaunt. / Who ever heard tell of a king such courses taking, / as knights quibbling at court at their Christmas games!*

Assim, o senhor de fato pode receber crédito pelos feitos de seus cavaleiros, mas não pode abusar de sua lealdade ou colocá-los em perigo apenas para esse propósito. Não foi Hygelac que mandou Beowulf para a Dinamarca por se vangloriar ou fazer um juramento temerário. As palavras que dirige a Beowulf quando este retorna são, sem dúvida, uma alteração da estória original (que aparece de modo furtivo quando se fala da incitação dos *snotere ceorlas* [sujeitos matreiros]); mas são ainda mais significativas por causa disso. Ouvimos dizer que Hygelac tinha tentado impedir que Beowulf entrasse numa aventura temerária. Muito correto. Mas, no fim do poema, a situação se reverte. Ficamos sabendo que Wiglaf e os geatas consideravam que qualquer ataque ao dragão seria temerário e que tinham tentado impedir o rei de empreender tal aventura perigosa com palavras muito parecidas com aquelas usadas por Hygelac muito antes. Mas o rei desejava a glória ou uma morte gloriosa e jogou com o desastre. Não poderia haver crítica mais pungente do "cavalheirismo" em poucas palavras do que a exclamação de Wiglaf: *oft sceall eorl monig anes willan wraec adreogan*, "pela vontade de um homem muitos devem sofrer opróbrio". Essas palavras o poeta de Maldon poderia ter inscrito no cabeçalho de sua obra.

Este livro foi impresso em 2020, pela Ipsis,
para a HarperCollins Brasil. A fonte usada
no miolo é Garamond corpo 11. O papel
do miolo é pólen bold 90 g/m².